중국의 독자님께

안녕하세요. 〈우리가 빛의 속도로 갈 수 없다면〉을 쓴 김초엽입니다. 많은 분들이 이 책을 읽어주셨다는 소식을 들었고, 또 얼마 전에는 중국에 가서 직접 독자님들을 만나기도 했어요. 제가 이야기에 담고 싶었던 감정과 빛깔들이 국경을 넘어서도 여러분의 마음속에서 빛날 수 있다니, 작가로서 느낄 수 있는 최고의 기쁨입니다. 마음 열고 이 이야기를 받아주셔서 감사해요. 사랑을 담아 보냅니다.

김초엽

致中国读者：

大家好，我是《如果我们无法以光速前行》的作者金草叶。听说很多中国读者读过这本书，不久前我还在中国见到了读者朋友们。我想在故事中表达的情感和色彩，跨越国界依然在大家心中闪耀，这是一个作家所能享受的最大快乐。感谢各位敞开心扉接受这些故事。致以爱意。

金草叶

世界科幻大师丛书
主编：姚海军

우리가 빛의 속도로 갈 수 없다면

如果我们无法以光速前行

[韩]金草叶——著
春喜——译

四川科学技术出版社

This book is published with the support of the Literature Translation Institute of Korea (LTI Korea).
本书由韩国文学翻译院资助出版。

图书在版编目(CIP)数据

如果我们无法以光速前行 / (韩) 金草叶著 ; 春喜译 . -- 成都 : 四川科学技术出版社 , 2022.5 (2024.8 重印)
(世界科幻大师丛书 / 姚海军 主编)
ISBN 978-7-5727-0486-4

Ⅰ . ①如… Ⅱ . ①金… ②春… Ⅲ . ①幻想小说—韩国—现代 Ⅳ . ① I312.645

中国版本图书馆 CIP 数据核字 (2022) 第 041815 号
图进字 : 21-2021-68

世界科幻大师丛书

如果我们无法以光速前行

SHIJIE KEHUAN DASHI CONGSHU
RUGUO WOMEN WUFA YI GUANGSU QIANXING

主　　编　姚海军
著　　者　[韩]金草叶
译　　者　春　喜

出 品 人　程佳月
责任编辑　宋　齐　姚海军
特邀编辑　李闻怡
封面绘画　佚　崽
封面设计　施　洋
版面设计　施　洋
责任出版　欧晓春
出版发行　四川科学技术出版社
成都市锦江区三色路 238 号　邮政编码 610023
官方微博 : http://e.weibo.com/sckjcbs
官方微信公众号 : sckjcbs
传真 : 028-86361756
开　　本　140mm × 203mm　　印　　张　7.75
字　　数　150 千　　插　　页　2
印　　刷　成都市金雅迪彩色印刷有限公司
版　　次　2022 年 6 月成都第 1 版
印　　次　2024 年 8 月成都第 2 次印刷
定　　价　42.00 元

ISBN 978-7-5727-0486-4

邮购 : 成都市锦江区三色路 238 号新华之星 A 座 25 楼　邮政编码 : 610023
电话 : 028-86361758

致中国读者

我经常一边写科幻小说，一边想象世界。小时候，一座城市看起来已经非常大了，科幻的力量却让我跨越了居住的社区、城市、国家，想象邻国乃至整个星球。在浩瀚的宇宙中，我们只是占有了一颗渺小的行星并赖以生存而已。尽管如此，我们依然可以敞开心扉，与地球上的邻居分享自己的故事。我感觉这是一种祝福。

“希望这些故事一定要被读到，哪怕只有几个人”，我带着这种想法创作的第一本小说集，不知不觉间已经跨越国界与读者们见面了，真的非常开心。我听说，在中国有着众多的科幻作者与读者，所以倍感亲切。我很好奇，中国读者会如何看待这些故事。

现在，它们好像正在穿过一种新型透镜或三棱镜。不知道在另一端，大家会看到什么样的光呢？

刚开始创作科幻小说时，我接触了许多中国科幻作家的作品。那些作品向我展现了陌生而辽阔的世界，我至今依然记得当时所感受到的快乐。若是《如果我们无法以光速前行》也可以让各位感受到某种心灵的震动，并记住这些有趣的故事，我会非常开心。

金草叶

2022 年 3 月

目录

光谱

스펙트럼

我把外婆的遗骸送往宇宙，
还给了那些星星。

我曾经看过外婆年轻时的照片。正在登上宇宙探测器的她身穿白色宇航服，戴着一个头盔。那头盔大得似乎轻轻一推，她便会向后倒去。装载着微型光子推进器的宇宙探测器很小，看起来勉强跟一架客机差不多大。人们得知那么小的探测器居然可以载着人类穿越时空，去往宇宙的另一边时，对宇宙充满了无尽的期待。现在想来，戴着头盔的外婆应该笑得很开心，似乎根本没有预料到自己会在宇宙中遭遇什么。

外婆是天空实验室备受瞩目的研究员。天空实验室成立，是为了探索生活在宇宙某处的外星生命，受到最早开发微型光子推进器的航空航天公司的全力支持。外婆作为探测队员加入时，人类已经通过之前的探测发现了数百种外星有机物和微生物，所有人都激动不已。不过，人们真正迫切的疑问尚未找到答案。

“我们真的是唯一的存在吗？如此浩瀚的宇宙中，真的只有我们吗？”

外婆是天空实验室第三十三位登上探测器的生物学者。当时妈妈还是个小女孩，外婆与她拉钩发誓说，一定会在她成年之前返回地球。不久之后，探测器便音讯全无。调查结果显示，由于推进器的缺陷，探测器在跃迁过程中出了问题。公司起初极力否认，一番论战之后终于承认推进器的设计存在缺陷。外婆失踪那年，三十五岁。

外婆飘浮在太阳系外，后来获得营救。乘着单人逃生太空梭被营救回来的外婆，营养严重失调，认知能力低下，连自己的年龄都搞不清楚。当时，她已经失踪了整整四十年。

四十年间，地球上发生了第一次“接触”，即人类首次发现了外星智慧生命。探测器接收到了来自邻近恒星系的异常信号，于是尝试进行对话。不过，这次“接触”以惨败告终。它们明确表示不愿与人类进行任何交流，也不想被打扰，并且不留痕迹地清除了未经许可便接近自己行星系的探测器。人类没有继续冒险接触。此后，它们以及那颗行星再也没有被人类的探测器捕捉到。别提它们的外貌了，人类就连它们的声音也不曾知晓。宇宙中并非没有智慧生命，也许只是它们不想被人类发现。

第一次“接触”令人大失所望，之后外婆被救回时立刻得到了全世界的关注。因为外婆主张自己是发现外星智慧生命的第一人。外婆说，地球以外生活着与人类不同的智慧生命，自己返回地球之前与它们一起生活了很久。假如外婆所言属实，则人类已经发现两种外星智慧生命，而且人类历史上的第一次“接触”也提前了二十年。

不过，人们很快便不再理会外婆。在某种程度上，这也有外婆自己的原因。

“所以，外星人到底在哪儿呢？”

外婆对那颗行星的位置绝口不提，也没有拿出外星人真实存在的任何证据。外婆说，她遇见外星人时已经遇险，手上除了记录仪之外没有任何设备。别说照片和视频了，连外星人有声语言的录音资料也没有。人们最初认为外婆患有妄言症，后来则对她投去同情的目光。也有少数人认为，外婆的主张值得关注。然而，由于外婆持续沉默，他们也摇摇头离开了。最终，外婆成了一个四十年间独自流浪宇宙，在孤独中变得半疯半傻，对自己的想象信以为真的可怜老人。

尽管如此，外婆依然没有放弃那个唯一的主张——

“我是最早的接触者。”

直到去世之前，外婆都在讲述着自己的故事。

* * *

在遇险的第十天，希真第一次遇到了它们。

航行中偶然发现的行星实在太有魅力，令人难以忽视。因为就算只根据远距离的测定资料，也可以看出那颗行星与地球具有十分相似的特征。船长建议暂时脱离既定航线，尝试进行轨道探测，没有人反对，大家都对此饱含期待。然而，改变航线接近行星的过程中出了差错，一个小问题演变成了灾难。希真勉强登上了逃生太空梭，却也回想不起最后一刻。她醒过来时，已经身处陌生行星的地表。

希真在休眠舱旁睁开了眼睛。休眠舱可能是被水冲上岸的，有些浸水。附近到处不见逃生太空梭的主体。是坠落地点距离太远，还是掉到海里沉下去了呢？希真只能做出一些消极的猜测。据说，太空梭配有安全系统，遇到危险情况就会把搭载者推出去。不过，如果系统确实启动了，情况便更加令人绝望。因为如果没有太空梭，就无法向地球发送求救信号。希真摸索着身上的衣服，把所有东西掏了出来。一台配有小型发电机的研究记录仪和一只急救包已是全部。

希真不断行走。这颗行星像是迁移过来的地球荒原。植物也与地球上生长的普通树木十分相似。希真试图通过记录仪追踪太空梭的信号，却没有收到任何信息。她几次目睹了巨大的生物。在撞见那些与地球上的爬行类相似的动物时，希真惊恐地逃开了。一个星期之后，希真再也无法忍受饥饿，采摘了行星上的果实来吃。果实的味道令人作呕，不过希真没死。她把果实塞进嘴里，直到呕吐。

希真在暴晒的阳光下寻找阴凉，走了很久。她很想相信这一切都是错觉，这里也许是地球某处的沙漠。然而，每晚都会升起的五颗卫星熠熠闪光，似乎在证明这里不是地球。只有记录仪向希真展示着她所熟悉的地球时间的流逝。

遇到它们时，希真以为自己产生了幻觉。有“人”。双脚行走、有胳膊有腿的“人”。终于有人来救希真了吗？不是，那不可能。这里是陌生的行星。希真怦怦跳动的心脏慢慢镇定下来。它们的身影完全进入了视野。希真躲在巨大的岩石阴影后面，观察它们仿佛滑行一般在地面上前进的样子。它们不是人。

希真成长于一个充斥着“外星人”的世界。希真七岁那年，人类首次实现时空跃迁。几个月之后，人类第一次发现了宇宙微生物。宇宙微生物由有机化合物、砷和金属元素构成。或许是受此影响，电影中曾经一度出现体表发出亮光的甲壳状外星人。之后的想象逐渐与人类的形态越来越远，而对外星人的描绘越是与人类形象相差甚远，人们越是相信其接近真实。希真头脑中的外星人也是如此。希真相信，如果她将来有幸遇见宇宙某处的智慧生命，它们的外貌会与人类十分不同，是人类从未想象过的样子。

然而，居然是这种令人倒胃口的长相。希真心想，作为在幻觉中看到的外星人，它们的外形真是缺乏新意。眼前的它们比人类的个子高许多，却有着人类远亲一般的身形。灰色皮肤表面裹着兽皮一样的衣服，身姿弯曲，却是双脚步行，有胳膊有腿。五六个个体结队而行，衣服上面挂满了用途不明的工具。它们行到中途，停下脚步，短暂环顾四周，像是在彼此交谈。希真听不懂它们的话。

对话声音的振动传到了希真的耳朵里，真实的感觉笼罩了她。希真僵在原地。这不是想象，它们真实存在于此。希真在陌生行星遇险之后，迫切地希望所有的现实都是一场梦，不过现在这一瞬间，绝对不可能是在做梦。

使用工具、存在象征语言、进行社会互动……这些显然是智慧的证据。

可以搭话吗？如果它们真的是智慧生命，可能会帮助希真活下去。在行星上发现的其他生物都比它们体型更大，也更危险。就算现在从它们身边逃开，又能再活多久呢？这时，另一个想法阻止了希真。如果它们不友好呢？如果这样只会把自己的死亡提前呢？

面对面是“接触”的最终阶段。按照原则，与智慧生命的接触应当由远及近，按照顺序进行。在完全分析了危险因素，确保人身安全无忧之后，才能尝试面对面接触。

不过在此刻，原则是没有意义的。希真虚弱无力，也没有什么工具和装备，正在逐步走向死亡。

“帮帮我。”

它们的视线转向了希真。希真并不期待它们能够听懂，只是希望它们可以看出自己的无助。希真想要告诉它们，自己是一个会说话的存在，有拯救和观察的价值。不过，这是一个错误的决定吗？

队伍中有一个个体掏出了武器。

“我不会打扰你们。只是，得等我找到回去的方法……”

那个个体的移动速度很快，希真连逃离的机会都没有。瞬间靠近的个体向希真挥起了刀，希真紧紧闭上眼睛。

希真感觉到了疼痛，却并非无法忍受。

希真睁开眼睛，发现另一个个体阻止了攻击。刀停留在半空。其他个体对举刀的个体说着什么。希真完全无法理解它们的语言，只听清了“路易”一词。希真抬起头，直视着帮助了自己的个体。一双又黑又长的眼睛注视着希真。那种眼神实在太陌生，根本无法读懂。

希真就这样遇到了第一个路易。

到达巨大的洞穴聚居区时，希真发现它们过着群居生活。群居是它们的习性。干涸的江河两岸，层层凿出数百个洞穴。希真跟着路易走在连接层与层之间的长斜坡上。每个洞穴里住着一两个个体。“群居人”都警戒地瞪着希真，希真尽量不向洞穴里看。它们的个子很高。希真只是站在它们身边，也会感到一种压迫感。

路易住在悬崖最顶端的洞穴。

洞穴里光线充足。内部摆放着用毛皮做成的垫子、坚硬而平坦的岩石，以及用犄角和金属制成的工具。洞穴深处墙壁上挂着的图画尤为引人注意。图画没有特定的形状，像是人类的抽象画。松弛柔软的线条分隔出各个空间，空间内填满了丰富的色彩。在洞穴外的落日光照下，挂画染上了一层奇妙的色彩。路易留下希真，去了外面。可能是为了防止有人接近洞穴深处，石块和金属工具堆得像是一道栅栏，希真想靠近观察图画却进不去。

路易很快回来了，给希真拿来了水，还在毛皮垫子上放了一些果实。不过，路易不再关注希真，而是去了平坦的岩石上开始工作。它用刀削犄角，像是在制作工具。

路易为什么要救希真呢?

希真瞥了一眼路易的背影，拿起垫子上的果实。她有很多疑问，却也感觉到剧烈的口渴与饥饿。说不定要在这颗行星上坚持更久的时间，所以有必要搞清楚哪些东西可以吃。希真吞下压缩急救包里的最后一颗免疫胶囊，喝下路易拿来的皮袋里的水。有的果实味道很糟糕，不过并非全部如此，有的果实甚至还有点甜。

希真遇险之后，第一次填饱肚子，无法抵挡的困意随之袭来。等她从沉睡中醒来时，时间已经过去了很久。洞穴外一片黑暗。洞顶挂着一个圆形的光源，照亮了岩石。路易还在继续工作。希真依然猜不透它为什么带自己回到洞穴。很显然是路易救了希真，可它现在看起来对希真毫无兴趣。

希真经过路易身后，走到了洞穴的入口。路易的视线短暂转向希真，又重新回到岩石上。黑暗笼罩的峡谷上方，天空晕染着淡蓝色。看来是早晨了。可以看到天空中的五颗卫星。这颗行星与地球一样，太阳有升有落，地上的生物群居而生。

希真害怕这颗行星，同时又感到好奇。

不论希真是否愿意，她已经是人类当中第一个外星智慧生命接触者。人类是否是宇宙中唯一的存在呢? 现在只有希真知道这个问题的答案：不是。宇宙某处存在着其他智慧生命，它们会画画，用象征语言进行交流，过着群居生活。希真认为自己有义务了解它们。

路易在希真的手腕上挂了一个小巧的犄角饰品。其他群居人看到那个饰品，就不会再伤害希真。希真似乎被当成了路易的私有物品。

在和路易的相处中，希真明白了几个关于群居人的事实。它们集体去峡谷外打猎，采集植物。它们还在距离峡谷稍远的地方开辟了小规模的农田。用于狩猎的武器大多是原始形态，峡谷两侧却布置了植物茎干编制而成的复杂陷阱。有些群居人看起来以家庭为单位共用一个洞穴，它们可能也是有性生殖。

群居人不易区分。好在它们喜欢饰品。路易的脖子上挂着红色的小矿石，可以以此辨别。它们胳膊的数量也不一样。路易像人类一样有两条胳膊。不过，其他群居人通常有三条以上。它们似乎也通过身体条件展示彼此的力量与能力。路易的体型在群居人中偏小，而且明显比其他个体更加冷静与温和。

路易不参与打猎，只偶尔参与采集。它与其他群居人的交流也很少。路易几乎一整天都在削工具，用那个工具画画。其他群居人偶尔会拿走路易的画，第二天再还回来。有时走到洞穴外面，还会看到其他群居人在那里放了一沓叶纸。图画一张叠着一张挂在洞穴的最深处，时间久远的那些则捆起来堆在地上。图画似乎对它们有着重要的意义。

希真披上群居人狩猎之后剩下的毛皮，把记录仪藏在衣服里，跟着路易或者其他群居人出去采集植物。她想要追踪逃生太空梭的信号。即便太空梭已经毁坏，假如发现了残骸，也可能会找到求救信号发射器。那么，说不定就可以向附近的宇宙飞船发射求救信号。

希真与群居人的高维沟通失败了。根据希真的观察，群居人显然拥有高度发达的语言体系，但希真听不懂它们说话。它们的有声语言似乎超出了人耳的可听声波频率。部分对希真感到好奇并靠近的群居人也不曾尝试与希真对话。它们大多忙于自己的事情。路易虽然照顾希真，关心希真，却也似乎没有更多的时间分给希真。

首次发现外星智慧生命的兴奋感逐渐消退。对于群居人来说，遇见陌生生命体是不足为奇的吗？它们也会意识到希真可能来自其他行星吗？希真无法与它们对话，所以无法询问。会不会是因为在浩瀚宇宙中，认识到自身的孤独，渴望与他者相遇，需要高度的自我认知能力呢？群居人可能尚未发展出这种程度的哲学与自我概念。希真逐渐产生了这样的怀疑。她偷偷去峡谷寻找文字语言的痕迹，却没有找到任何文字信息。

日复一日地，希真白天跟着群居人活动，寻找太空梭的信号，晚上一无所获地入睡。虽然有了惊人的发现，却搞不懂这个发现的意义，这实在令人痛苦。

希真是一个学者。研究与分析是她的使命。然而，如今这里没有任何工具，她太无力了。如果事情发展顺利，希真就可以使用探测器上的诸多设备。小语种分析程序可以从超出人耳可听声波频率的声波中读取重复的模式，分析群居人的语言。如此，就可以听懂群居人是否谈论了当天的狩猎与果实的位置，以及它们对聚居区突然出现的陌生生命体的看法。然而，希真现在只有自己的身体和感觉而已。

几个星期之后，希真在荒原捡到了一个零件，一个非常小的金属零件。这是一个线索，说不定逃生太空梭还在这里。零件可能是被荒原的强风吹来的，因此无法保证太空梭就在附近。不过，只要太空梭还在行星的某处，总有一天可以找到。

“路易，我终于找到了。”

希真挥舞着攥在手里的零件，进入洞穴。她莫名想和路易谈一谈。路易看着希真，似乎说了很长一句话，希真却完全听不懂。片刻之后，路易重新把视线转向了岩石上的图画。果然无法用语言沟通。哪怕它对零件感到好奇也行啊。希真原本期待着，如果给路易看一下这个陌生的器械零件，说不定它会感到好奇。她的内心失望极了。

那天傍晚，路易带来了比平时更多的果实。希真一脸惊讶，路易指了指希真藏着零件的口袋。它像是在庆祝希真遇到了好事。这代表她成功地传达了一点自己的意思吗？希真非常开心，很想拥抱路易。

随着与路易一起生活的时间越来越久，希真发现群居人的非语言表达方式也很丰富。虽然很难传达具体的语义，却可以通过它们的表情和动作区分肯定与否定的反应。而路易也比初见时更加懂得该如何对待希真。起初希真被路易的手握一下都会出现瘀青。因为路易不了解比起皮肤厚实的它们，希真更容易受伤。如今，路易会以十分轻微的力气握住希真。路易之外的其他群居人也不再像刚开始那样对希真抱有敌意，有时在采集中出现其他生物，它们还会保护希真。亲切、体贴、善良，它们也具备人类的这些优良品性。

群居人与人类之间有很多共同点，这颗行星与地球的生态也是如此。考虑到行星上的生命进化独立于地球，这些共同点非常令人震惊。最重要的是，希真吃了行星上的果实与群居人狩猎的动物，依然活了下来，这是行星生物与地球生物的生物化学基本元素一致的证据。说不定这颗行星可以证明“微生物－外星生命种子”的假说，即通过宇宙尘埃散播出去的地球古代微生物可能在其他行星成了生命的根源。如果真是这样，那么这颗行星的生命就与人类拥有共同的祖先。

希真发现的新事实越多，越是心潮澎湃。她想知道更多。不过，眼下必须先找到逃生太空梭。如果无法确保自己的人身安全，她对行星的情况了解再多也没用，因为无法告诉任何人。首先要找到返回地球的方法，然后借助技术更加深入地了解这颗行星。

希真不断受挫又不断尝试，她在这种状态交替中追踪着太空梭的信号。她在群居人使用的叶纸上画出了洞穴聚居区附近的地图。群居人每次都会去不同的地方狩猎与采集，地图上画的领域逐渐扩大，信号却依旧没有找到。

又过了两个月，希真才找到第二条线索。第二条线索不是告知太空梭存在的信号，而是在荒原中发现的第二个零件。它可能与第一个零件以相似的方式来到了这里。不过，这几乎是一个不幸的暗示。如果逃生太空梭正在遭强风解体，那么找到太空梭的时间越晚，被营救的可能性就越低。希真紧紧握着零件。她虽然很想相信哪怕一线的可能性，却像是在空无一物的沙滩上摸索。

那天，希真拿着第二个零件回到洞穴时，感觉洞穴里一股寒气。路易趴在岩石上睡着了。希真第一次看到路易这样睡觉。没画完的图画被压在路易的身下，工具四处散落，染料洒了一地。希真僵在原地。路易不是睡着了。

路易死了。

* * *

故事说到这里，外婆暂停讲述，带我去了书房。故事我已经听过多遍，知道外婆总是在这里暂停，不过我每次都装作不知道一般跟在外婆身后。外婆的书房总是塞得满满当当。书桌上胡乱摆放着染料、颜料与研究报告等。整个书房散发着淡淡的灰尘味。拉开书房的窗帘，午后阳光照进房间，混杂着图书粒子的灰尘追随着光的踪迹倾洒下来。塞满装饰柜的玻璃制品闪闪发光。

外婆回到地球之后，终生都在收集玻璃。她的书房里塞满了各式各样的玻璃收藏品，包括玻璃材质的工艺品、三棱镜、透镜、平面镜等。外婆用这些玻璃看书或者看画，还会用手电筒照射它们。外婆不曾告诉我收集玻璃的原因。不过，我经常会猜测其中缘由。这些工具聚集光、分散光，可以让人看到普通感官无法看到的东西。外婆住在那颗行星上时，最想要的可能就是这些工具。

外婆后来才知道，群居人的寿命比地球人短得多，顶多只有三到五年。

外婆描述的群居人最独特的属性，无论听多少次都依然令人震惊。群居人相信，即便死亡来临，它们也不会死去。在群居人的信仰中，自我是绝对不会断绝的，只是变换着身体进行无尽的传递而已。

“它们相信灵魂可以从之前的个体连接到下一个。过了不久，我见到了第二个路易。”

* * *

几天之后，新个体来到洞穴，其他群居人同样称它为“路易”。希真发现第二个路易脖子上戴着饰品，与之前的路易所戴的矿石相同。第二个路易个子很矮，只到希真的肩膀，不过它一天天长得飞快，迅速发育成年了。

真是令人疑惑。它和第一个路易是同一个路易吗？

希真参加了路易的葬礼。葬礼的流程简短而朴素。把死去的个体的遗骸装进陶器，用江水送走，对岸的年幼个体乘着木筏过来。希真以为这一流程具有宗教意义，却不知道这是个体的灵魂与自我意识的传递过程。群居人叫来希真，指着新的路易，比画了个“一样”的动作。它们指着送往江水对岸的路易，也比画了个“一样”的动作。

不同的两个身体之间的意识能够连接吗？希真当然认为这

不可能。这看起来只不过是一种原始信仰。不过，第二个路易与第一个路易十分相像。

第二个路易也和第一个路易一样画画。它和第一个路易一样照顾希真，为她摘果实，保护她不受其他群居人或者动物的威胁。它为希真挂上犄角饰品，认真听希真说话。虽然不像是听得懂，却也有自己的回应。第二个路易依然表现得像是希真的主人。在这个峡谷中，只有路易无条件地给予希真善意，且对她最温柔。

它们并非完全一样。

第二个路易比第一个路易画得更久，使用色彩更加华丽的图画装饰洞穴，对希真的行动更感兴趣。它还对希真画的峡谷附近的地图十分好奇。它虽然无法理解希真使用的文字和有声语言，却好像明白希真的语言具有某种模式。第二个路易了解希真更喜欢哪种果实与皮毛，比之前的路易更加理解希真的手势。群居人的胳膊活动方式和人类不一样，因此身体语言也不同，不过希真和路易可以共享几种动作。对不起，谢谢，你好，再见，两人现在可以进行这些交谈了。

“晚安。”

希真第一次向路易道过晚安，在垫子上躺下来时，突然很想哭。她以前并不知道，只是这种程度的对话，也可以让人更加珍惜对方。

希真没有像往常一样跟随群居人外出采集。她拿着用叶纸串成的本子和可以划出黑色痕迹的植物茎干去了谷底。

从那天开始，希真开始用图画记录行星的风景。

徒手记录行星的工作总是伴随着遗憾。行星植物独特的内部构造，含有闪光矿物质的小动物，紧贴着岩石生长的蘑菇状生物。希真仔细观察它们的形态，尽量还原看到的样子，结果却永远与实物略有差别。尽管希真作画时使用了与路易同样的独特染料和工具，却无法描绘出同样的颜色。

不过，希真还是逐渐习惯了用眼睛观察、用手记录这颗行星，没有地球上的那些工具，只通过感觉接纳行星。长期以来，希真处理的都是一些看不见、听不到、抽象且为感觉之外的东西。希真的世界本来存在于显微镜、定量数据、图表与数字里。然而，在这颗行星上，只有周边的风景伴随着希真，她必须接受这个现实。

希真发现群居人能够理解数量的概念，且使用二进制。它们观察昼夜的天空，构建关于这颗行星之外的世界的假说。它们探索自我，探索世界。

希真明白了这些事实，却依然有一些问题得不到答案。希真很好奇这里的生命体由什么物质构成，支配它们的中心法则是什么，它们是否和地球生命体共享同样的蛋白质与遗传基因，它们感知世界的方式是怎样的。希真也很好奇它们的视觉神经所接收到的这个世界的风景。最重要的是,路易有时会面向希真表情扭曲地咧开嘴,那是在模仿希真微笑吗?如果希真知道答案,就可以和它相视而笑了。

第二个路易死于两年之后。

过了几天,第三个路易到来时,希真根本不知道应该如何接纳它。它们真的拥有同一个灵魂吗?它们是同一个路易吗?

第三个路易像以前的路易一样画画,和蔼而温柔地对待希真。第三个路易的体型也比其他群居人更小,只有两条胳膊。并且,它比之前的两个路易寿命更短。

希真认为,说不定路易们比其他群居人寿命更短的原因出在自己身上。如果群居人与地球生命体共享彼此的生物化学构造,希真携带的无数地球微生物对它们来说可能是致命的。这个假设令希真感到悲伤。

预定为第三个路易举办葬礼的那天,群居人的天敌集体攻击了洞穴聚居区。希真没有可以躲藏或者逃命的地方。她独自留在没有路易的洞穴里,吓得瑟瑟发抖。攻击一直持续到太阳落山。群居人成功击退了天敌,却也因为这次攻击牺牲了不少成员。

从第二天开始,葬礼持续进行了两天。第三个路易的葬礼在下午早些时候举行。其他个体告诉了希真这个消息，她却没去江边。

希真去了洞穴深处。那里摆着图画。一直以来，路易们对希真非常宽容，却不允许她触碰那些图画。如果希真在图画周围逗留或者做出触摸图画的动作，路易就会表现出否定的态度。希真很好奇为什么路易如此重视这些图画。路易把毕生的时间都倾注在图画上，可是它的寿命太短了。如此看来，图画一定有什么意义值得它们付出短暂的一生。

希真拿起那些捆在一起的图画。

希真将那些图画看了一遍又一遍。那是一些意义不明的抽象画，色彩涂满了叶纸，纹路没有固定的样式。长期以来，希真都认为它们只是美术的发展比较独特。

希真看了一会儿，发现了图画中的某种固定样式。某个边角持续出现同样配色的纹路，而且有的纹路每隔两次空缺一次。

图画散落在洞穴的地上。希真把图画整齐地摆放起来。看似根本无法重合的复杂配色中，不断反复出现同种样式。此前，希真一直在寻找文字语言的形态。不过，她该看的不是形态，而是色彩的差异与样式。

希真的脑海中闪过一个想法。

如果那些图画是群居人使用的语言，它们不是以形态而是以色彩的差异作为语义单位……

如果路易们不是在表达艺术与情感，而是在记录语义……

第四个路易进入了洞穴。新路易体型尚小，身高不到希真的肩膀，表情中不带任何感情。希真见到的所有路易都是如此。刚见面时，它们总是漠然地看着希真，像是在对待一个陌生的对象。自某个瞬间之后，它们又会变回原来的“路易”。那个瞬间是什么时候呢？

希真等待着第四个路易的下一步行动。

第四个路易漠不关心地从希真身旁经过，进入洞穴。路易捡起散落的图画，熟练地整理起来。路易坐在平坦的岩石前，开始慢慢地观察那些图画。斜射在岩石上的阳光逐渐扩散，又重新聚拢。路易静静地察看着那些图画，像是打算把洞穴中的所有图画一张不落地读完。希真看着路易，什么也做不了。

时间过了很久。

第四个路易从座位上起身。希真发现第四个路易的态度发生了改变，包括它面向希真的视线、表情，以及希真依然读不懂的情感。

希真退向洞口。路易慢慢走向希真。希真后退时打了个趔趄。路易伸出胳膊，轻轻地抓住了希真。

在那一瞬间，希真似乎从眼前的路易身上看到了熟悉的面容。

如果它们真的可以通过色彩解读语义，说不定洞穴里的图画可以告诉下一个路易关于前一个路易的信息。路易们不断地记录着，关于路易自己，关于群居人，关于希真这个陌生的存在。如果路易们奉命记录它们的历史，那么路易的洞穴位于最向阳、总是光线充足的最高点，说不定并不是一种偶然。

希真突然笑了出来。她的心情变得放松，感觉这个路易就是几天前一起生活过的那个路易。路易看着希真，以及希真身后展现的晚霞。

“那么路易，对你来说，”希真看着路易眼中倒映的红色晚霞，“那片风景看起来像是在与你攀谈吧。”

希真无法以路易的方式欣赏那片风景。不过，希真可以略微想象出路易所看到的世界。她感觉到了快乐。

希真试着向第四个路易学习色彩语言。她还想了解它们认知色彩的方式：路易如何识别在不同光源下看起来色相不同的同一种颜色？它们以色彩作为语义单位，是通过色相本身还是邻近色差？形态在它们的“图画”中没有任何作用，还是扮演着特定的角色？第四个路易也像之前的路易们一样整天忙着记录，不过这一次它允许希真随意接近这些记录，因此希真也可以拿出一天的大部分时间分析这些色彩语言。希真对群居人使用的独特染料的性质尤为着迷。只是一些简单的混合，就可以通过使用者的技术创造出惊人的多种色彩，这种染料显然是群居人色彩语言中的必需品。

然而，希真做了各种尝试，最终还是放弃了完全理解这种色彩语言。当路易准备正式教授希真区分色彩的方法时，希真已经意识到她无法做到，正如她无法听懂它们的有声语言。由于群居人的有声语言超出了人耳的可听声波频率，希真无法区分它们的发音。理解群居人的色彩语言，也存在同样的问题。

尽管路易标记为“不同”，希真却无法分辨这些无数的红色之间的差异。除此之外，还有无数的蓝色，无数的紫色，无数的绿色，以及无数的黄色。路易似乎认为这些颜色分别具有不同的含义。如果在地球上，凭借超越人类感官的工具，希真或许可以通过间接的方式理解它们的语言。然而，现在在这里是不可能的。

希真摇摇头，把图画放在地上。

“我根本做不到，路易。”

不过，有一个事实是显而易见的。

它们以希真根本无法理解的方式阅读并掌握以前的个体留下的记录，接受它们的情感与想法。以前的路易们照顾并珍惜希真，所以新的路易也决定照顾希真。在这个过程中，路易不需要做什么了不起的决定。它们自然而然地成为“路易”。

它们是分段的个体。一个路易死去，另一个路易填补这个位置时，希真目睹了不连续的两个自我之间的错位。灵魂无法延续，只有这个事实显而易见。它们会变成另外的路易。

然而，它们终究决定成为同一个路易。在这个过程中，它们不会受到任何超自然力量的影响。路易们只是决定那样做。它们接受被记录的路易的自我意识与作为路易的所有，路易的经验、情感、价值，以及与希真的关系。

那么，希真也可以把它们看作同一个灵魂。

希真想到这里，看到路易正在走近。拥有湿润的灰色皮肤的存在站在眼前，依然十分陌生。路易死得太快，希真来不及全身心地去爱它。路易是以人类的感官无法完整感受和理解的“完全的他者”。

尽管如此，希真依然想要理解。她明知不可能，却依然想要相信，路易的延续性，统一的路易的存在。

这时，第四个路易看着希真，歪起嘴角。

希真明白那是微笑，于是和它相视一笑。

* * *

外婆的故事总是这样戛然而止。

细节内容虽然经常发生改变，故事的结尾却永远是那个难以预料的最后一夜。在第四个路易死去，第五个路易刚来不久的时候，群居人的天敌又一次袭击了洞穴聚居区。深夜，路易拿着武器应战，外婆卷入逃亡队伍，被推出了峡谷。无法再次回到原来的峡谷。再也找不到路易了。就这样，希真与逃亡队伍到达了另一个峡谷。时隔十年，外婆戏剧化地收到了逃生太空梭的信号。

逃生太空梭里装载着求救信号发射器。多亏于此，外婆得以获救，返回了地球。

外婆没有具体讲述最后的那些瞬间。她说那是因为回想当时的情景太令人难过。不过，我不禁认为外婆是想要隐瞒什么。

最后的讲述中存在谎言。外婆从未在那颗行星上发送过求救信号。外婆的太空梭获救于茫茫大海般的宇宙真空之中。外婆说她在群居人的行星上度过了十年，但她实际获救却是在遇险四十年之后。就算考虑到跃迁旅行的时差，外婆也至少孤身在宇宙中流浪了二十年以上。那么漫长的时间里，外婆究竟做了些什么呢？说不定，外婆终究找到了离开那颗行星的方法。并且，她在到达了任何人也无法追踪那颗行星的地方之后，才终于发出了求救信号。

总之，一切只是推测。外婆从来没有谈过那个时间差。

“路易真的死了吗？”

面对这个提问，外婆只是微微一笑。

除此之外，外婆的讲述并非没有其他疑点。外婆回顾在行星上的岁月时，讲述经常前后矛盾，根本不符合科学，让人不禁怀疑是想象的产物。外婆十分顽固，不肯交出任何关于行星位置的线索，令人十分费解。政府、企业与研究所无数次派人前来劝说，外婆却坚决不肯开口。外婆经历了几十年的孤独，在想象中构建了一个虚构的世界——难怪人们有此议论。

尽管如此，我却随着岁月流逝慢慢相信了外婆。外婆的故事中或许真的存在歪曲事实的成分，但那些记忆中也有真实的一面。

外婆回到地球，经常患些不知缘由的小病。医生们说，假如外婆所言属实，病症可能是由外星病原体所引发。免疫胶囊并不完美，外婆在那颗行星上感染了未知病原体却没有死，其实是一个奇迹。群居人，尤其是路易，可能对外婆格外照顾与珍惜。

想到路易的善良，我便会想象据说依然存在于地球某处的与世隔绝的小村庄。说不定因为外婆是一个无助而柔弱的异乡人，所以受到了款待。外婆的体型顶多相当于它们的幼体，没有任何能够伤害它们的力量与武器。

不过，等到我们再次见到它们时，我们将不再是柔弱的异乡人。我们会带着工具。在亲眼见证之前，我们便已掌握它们的信息。我们还会分析它们的语言与文字。

路易和外婆的关系无法再现。我可以理解外婆。

最后逃生时，外婆可以从峡谷带走的只有一叠纸。正如外婆所说，纸上的色彩非常丰富，像是洒上了几百种水彩。

“这是路易记录我、观察我的日记，也可以说是研究笔记。就像我观察、探索它们一样，我也算是路易的研究对象。它们说不定已经知道我来自非常遥远的地方，是一个没有工具的无助学者。”

外婆为我读了路易写下的记录内容。回到地球之后，外婆终其余生都在分析色彩语言。那些观察记录的大部分内容真的十分普通，有必要花费那么多时间去理解吗？不过，我至今仍然记得其中难忘的一句话。

“原来是这样写的。”外婆读到这句时，总是会面带微笑，“她真是奇妙而美好的生物。”

外婆临终之前，把研究笔记交给我处理。我留下笔记的副本，将原本同外婆一并火葬了。灿烂的色彩化为一撮灰烬。

我把外婆的遗骸送往宇宙，还给了那些星星。

共生假说

공생 가설

不要离开。不要带走那个美丽的世界。
在我长大之后，也请留在我身边。

柳德米拉·马尔科夫有一段记忆，关于一个她从未去过的地方。

那段记忆是从什么时候开始，如何保存于柳德米拉脑海之中的，不得而知。柳德米拉童年时期生活过的保育院的教师在自己的回忆录中如此谈道：

“那个孩子从五岁开始就声称自己来自‘那个地方’。老师们当时并没有当真。小孩子产生那种空想是很常见的事情，也是正常发育过程的一部分。只不过，柳德米拉对此深信不疑。如果有老师对那个世界的存在表现出一丝怀疑，柳德米拉就会非常伤心。因此，保育院有一个不成文的规定，那就是在柳德米拉面前，绝不能对那个世界表示怀疑。如此一来，自然就没什么问题了。我们都认为，等到柳德米拉长大，那个空想就会自然而然地消失。”

教师们没有想到，柳德米拉成年之后，关于那个地方的记忆依然没有消失。

柳德米拉的才能在童年时期即有所显现。根据保育院教师们的说法，柳德米拉自可以握住彩铅的年纪起，便能卓越地再现那个梦幻而美丽的世界。然而，柳德米拉的早期作品只被当作拥有美术才能的少女的习作，在她离开保育院时便被全部销毁，如今无迹可寻。与彩铅相比，保育院更需要面包和饼干。少女时期的柳德米拉，陷入空想的时间比画画的时间更长。

柳德米拉十岁左右入选某国际企业的才能发掘项目，从保育院转到了伦敦的一所学院。此后，她再没有饿过肚子，也没有再在有虫子的房间里睡过觉。

柳德米拉转到学院之后，开始公开发表描绘"那个地方"的美术作品。学院租了一间小画廊用于展示学生画作，"那个地方"的风景首次得以公开。从展览的第一天起，柳德米拉的作品便引发了极大关注。人们在画作前驻足，流下泪水。不断有人询问，到底是谁画了这幅画。

"她是怎么想象出这个世界的？"学院的教师们不断感叹道。

柳德米拉的绘画技术尚有生疏，需要学习的东西很多。不过，她描绘的风景总是能够抓住人们的心。她的手在画板上游走，完全无须苦恼和犹豫该画什么。

从童年直到生命结束，关于那个世界的深刻记忆一直主宰着她。那个世界似乎存在于某处，实际却并非如此。柳德米拉一辈子都在描绘那个地方的风景。她的大脑中似乎存在着一个那样的世界。她每次都描绘不同的风景，所有的画作却生动而精细地构建出了一个完整的世界。

“柳德米拉，那个地方到底叫什么名字？”

面对记者的追问，柳德米拉永远都是一副困惑的表情。她如此回答：“那个地方的名字存在于我的大脑里，可我不知道如何用语言表达。”起初几次，她以地球上不存在的某种语言说出了那个地方的名字。然而，由于记者们无法用文字写下，感到十分气恼，柳德米拉此后便称呼那个地方为“行星”。

一颗没有名字的行星。无法用语言来称呼，这反而为那个神秘的世界增添了一层梦幻的想象。人们称之为“柳德米拉行星”。不论那颗行星是否真实存在，都有一个世界由此命名。柳德米拉记得的，柳德米拉去过的，柳德米拉创造的，柳德米拉一直描绘的，那个明确的世界。

柳德米拉早期作品所展现的行星形象较为抽象。那个世界的主色调是蓝色与紫色，拥有明确形态的生命体与没有形态的生命体共存。地表大部分被海洋覆盖，发光的原核生物漂浮在海里，染亮了行星。在海底和空气中，外形更加复杂的生命体构成了独特的生态系统。白昼短，黑夜长，太阳每天有升有落，为行星风景增添了一抹奇幻色彩。

柳德米拉成年后，行星的形象变得非常具体。从那时起，她直接在作品中加入了数据。行星的所有特征与属性都得到了精确的量化。柳德米拉描绘行星生命体的姿态，就像是一位专业的生物学者。

度过了在画布与画纸上创作的早期阶段之后，柳德米拉连跨几个阶段，从平面绘画转向模拟仿真。她毫不犹豫地投身于风靡一时的仿真艺术领域，很快得到了大众与评论家们的称赞。评论称，她为只有技术与技巧的仿真艺术注入了现实性。

听到这种称赞时，柳德米拉的回答始终如一："那当然。因为那颗行星是真实存在的，我只是画出了自己看到的东西而已。"

人们喜爱柳德米拉行星。在世界任何一个地方，都可以看到柳德米拉行星。因此，柳德米拉行星并不只是存在于想象的世界之中，而是仿佛真实地存在于这个地球上。大众对于行星的热爱并未止步于对作品的关注，根据画作对行星形象进行重新诠释的电影和戏剧作品也相继问世。在那个时代，古典、当代美术都只被当作商品消费，唯独柳德米拉的作品备受瞩目。柳德米拉行星的影响力遍及全球。

柳德米拉的作品，其最主要特征就是无国界性。她童年时期生活在莫斯科，少女时期移居伦敦，从学院毕业之后辗转于世界各国。或许，那些画作也反映了她的人生轨迹吧。柳德米拉行星不像地球上的任何一个地方，似乎完全独立于世界而存在。

尽管如此，“行星”系列依然引发了人们的某种乡愁。人们看到柳德米拉行星时，就会想起某种久远而渺茫的东西，关于放弃，关于离别。人们不知道自己在想念什么，却流下了泪水。评论家们认为柳德米拉的作品描绘了一个不存在的世界，这一点反倒触动了每个人心中存在着的世界。

柳德米拉还有一些鲜为人知的作品。那是柳德米拉毕生创作的另一个系列。那个系列的作品从未公开发表过，标题为“不要离开我”。那些作品与“行星”系列截然不同，没有展现柳德米拉对其专属世界的细致而鲜明的描绘，只存在着强烈的情感意象。作品极其抽象，浸染于冷清的空气中，像是在迫切呼唤着什么。

柳德米拉拒绝了关于那个系列作品的采访。她死去之后，人们在她的阁楼里发现了几十幅同样标题的作品。曾有研究者将其解读为柳德米拉对隐秘恋人的思念之情。然而，关于柳德米拉的私生活没有留下任何记录，那些推测和解读也很快被遗忘。

柳德米拉离世后，她的作品可以被自由使用。以柳德米拉行星为原型的仿真作品与游戏层出不穷。人们沉浸于仿真世界，怀念着柳德米拉的世界，把那里当作自己的理想国。尽管那个美好的世界既找不到也去不了，但人们仅凭想象，也可以获得些许安慰。柳德米拉已经离世，人们却相信她留下的假想世界会永远存在于所有人的心中。

直到那个地方被真正发现。

有一天，一台正在进行深空旅行的宇宙望远镜向地球发回了一组数据。这组数据来自一颗沿某个多恒星系的特殊轨道运行的小行星，暗示了行星上存在生命的可能性。那颗行星非常遥远，以现有技术无法向那里发送探测器，想要验证行星上是否真的存在生命，需要一定的时间。不过，这一发现却使沉寂已久的天文台躁动起来。

接下来的几天，观测站的操作员们都在谈论这颗行星。如果信号接收没有错误，那么这组数据的含义则耐人寻味。至今为止，深空探索只是隐约显示了地外生命存在的可能性。像这颗行星这般，给出如此明确的数据可谓史无前例。在被观测到的行星的大气成分中，氨与甲烷以绝妙的比例混合。主流推测认为，若大气中只混杂着一部分那些极易被恒星紫外辐射分解的成分，地表必须存在碳基生命体。望远镜测定到的电磁波谱转换为可见光后，显现出了奇妙的蓝光。望远镜似乎发现了存在于宇宙某处的另一个地球，一个更加梦幻的地球。

这时，某个安静地吃着盒饭的工作人员说："不过，那组数据像不像柳德米拉行星呢？”

“咦，不会吧？”

“各位不妨仔细想一下。柳德米拉行星不是以仿真形式保留下来了嘛。柳德米拉留下了行星的具体测定值，科学家们已经验证了那颗行星实际存在的可能性。这次的数据与柳德米拉行星出奇地相似啊，很难相信这只是一种偶然……”

正在吃晚饭的操作员们听到这句话，全部放下了餐叉。

那天，天文台的工作人员全部彻夜未眠。果真如此。观测到的所有数据都证实了“那个世界”的真实存在。那颗行星与柳德米拉描绘的世界完全一致。柳德米拉留下的仿真行星准确地预测了观测数据的所有特征，包括行星的体积、质量、公转周期、直径，甚至平均温度等。

那颗行星是柳德米拉行星吗？

那么，柳德米拉究竟是如何得知那颗行星的存在的呢？

紧接着，媒体报道了一个更加离奇的事实。那颗行星已经在很久以前由于恒星的巨大耀斑爆发而燃烧净尽，宇宙望远镜接收到的数据捕捉于行星毁灭之前。

最早确认行星数据的操作员站在摄像机前。记者们的提问接二连三地涌来，闪光灯明灭不断。那位操作员说：“我们现在看到的是一颗已经消失的行星。柳德米拉的世界曾经存在过，但现在已经消失了。”

这是怎么回事呢?

柳德米拉具有超能力,可以看到未来或者久远的过往吗?世界上存在这种能力吗?或者,这一切只是极其偶然的巧合吗?一位艺术家栩栩如生地描绘的行星,与曾经存在于宇宙某处的行星特征完全吻合,真的存在这种可能性吗?

所有人迫切地想要知道答案,但可以提供线索的那个人已经离开了这个世界。

* * *

这则离奇的消息通过电波传向全世界时,位于首尔广津区某湖泊附近的大脑解读研究所灯火通明。

已是凌晨两点,全体职员依然在熬夜奋斗,面容憔悴不堪。项目截止日期近在眼前,研究所特有的紧张气氛充斥着整条过道。休息室里,为了填补寂静而打开的电视机播放着关于柳德米拉行星的新闻报道,但休息室里的人们对此毫无兴趣。

责任研究员尹秀彬唉声叹气地盯着眼前的纸张看了一个小时,眼珠子都快掉出来了。再过不久就要举行中期报告会了,仪器却只给出了一个奇怪的结果。如果仅有这等结论,显然会在会议上招来负责人的怒视。刚出生两个月的婴儿觉得“活着孤单而恐怖，想念同伴们”，这怎么可能呢？

“明明一个月之前还很顺利。”

正在查看另一组数据的汉娜漫不经心地说道：“一个月之前是猫啊，现在是婴儿。”

“猫也好，婴儿也罢，肚子饿了会哭，困了会哭，害怕也会哭，都差不多。”

汉娜听了这句话，不以为然地笑了出来：“这怎么能确定呢？或许了解之后你会发现，猫比婴儿更具有哲学性。”

就算猫真的更具有哲学性，秀彬需要做的也是立刻解读出婴儿的哭声。

脑机接口研究组正在研究“思维－表达转换”技术。这种技术利用单分子追踪成像技术，读取被激活的神经元模式，将受试者的思维转化为语言表达，或者将语言表达进行逆推，推测受试者原来的想法。

尝试破译大脑的研究由来已久。人类一直想要读取他人的想法。每次出现新的大脑研究方法，大家就会期待读心术的发明。得益于此，二十一世纪初，大脑解读研究所设立之后，研究经费从未断过。然而，精准分析神经元激活模式的成像技术出现之前，解读技术一直较为落后。比如，通过观看脑磁共振影像，判断受试者是看了风景照片还是美食照片。

两年前，随着单分子追踪新技术的出现，分析模式也发生了改变，人们能够以神经元为单位分析大脑活动。研究组采用新技术，分析了大脑中产生的电信号与神经元模式。这种尚未转换为某种特定语言的纯思维形态，称为“思维语言”。现在，研究已经进入了“思维语言”逆推阶段。此项研究需要巨型扫描仪，而且分析区区几分钟的思维或者语音也需要耗费几天时间。不过，由于先进技术具备无限潜力，研究引发了巨大关注。

早期实验研究的内容是关于猫与狗的表达。解读非常成功。通过受试动物的叫声分析它们的欲求，正确率高达百分之九十五以上。分析狗叫声，喂它们磨牙棒或者抚摸它们的后背，狗就会感到满足。以哺乳动物为对象的分析技术已经开始商业化推广。大量多金客户蜂拥而至，渴望与濒临死亡的宠物进行一次对话。当然，与他们的想法不同的是，以当今技术实现对话还遥不可及。不过，假如照此研究下去，发明出可以让所有物种沟通无阻的通用翻译机指日可待。

研究组很快把分析对象换成人，开展了新项目。如果这种思维－表达转换机也适用于人，那么不仅是无法进行正常语言表达的人，面临研究难题的少数语言研究者也必将受益无穷。因为就算语言表达有所不同，但考虑到同为人类，便可以假设彼此大脑活动模式相似。

只以成人为对象收集数据时，前景非常乐观。人类的语言与思维很复杂，难度高于宠物，这一点已在预料之中。以现有水平还不足以翻译对话，只能推测内心的某种想法并转换为简单的句子，但语义匹配度达到了百分之八十以上。让这台转换机具备驾驭复杂语言的能力可能是今后面临的巨大挑战，但大家确信这不会成为研究的永久障碍。

研究组以收集的数据为基础建立模型之后，除了成人，又以新生儿为对象进行了研究。分析婴儿的数据之前，研究组的言谈中充满了期待。如果可以大致分析出新生儿的哭声中包含的语义，将为协助父母育儿，以及开发育儿机器人带来突破性的进展。哪怕只是正确分析婴儿哭声背后的欲求，这种仪器也显然会成为各国父母养育新生儿时不可或缺的工具。

然而，研究很快遇到了难关。

负责第一轮数据分析的汉娜拿着数据芯片进入研究室时，所有人都兴奋地看着她。然而，汉娜叹了一口气，说："结果很奇怪，不像是婴儿的思维。"

屏幕上开始显示数据分析结果，研究员们目瞪口呆。

根据转换机的分析，婴儿们的哭声分别具有以下含义：

怎么做才能更加具有伦理性?

大家在那里还好吗?

不对,这里才是我们应该继续生活下去的地方。

所有人茫然地看着分析画面。分析结果一塌糊涂。

秀彬说:"会不会是数据污染?"

考虑到成像系统的原理,首先怀疑污染是合理的。同步翻译技术尚且处于起步水准,受噪声影响很大。就算进行再严密的控制,总会混入外部杂音,分析时间大多耗费在清除这些杂音上。成人的数据分析过程中也存在这个问题,更何况是语言发育尚未成熟的婴儿的思维数据。

婴儿从十四个月龄开始掌握一些日常语言,会对简单的肢体语言有所反应。从婴儿成长为儿童,儿童成长为青少年,语言表达能力随他们的思考能力一并发育。按照常理,婴儿的思维内容不可能超越其所处的发育阶段。思维受语言理解的绝对影响。

"所以说,应该是噪声。如果不是噪声,解析婴儿的哭声时,内容应该顶多就是些'肚子饿''不舒服'之类的。而且,还不是完整的语句,只表现出某种感受或者不适感才对。"秀彬说道。

汉娜点了点头:"是啊。不过,仅仅说是数据污染,还是存在疑点。你看这里,稍大一点、会说话的孩子的表达内容也与思维模式的分析完全不符。这里的这个数据，孩子嘴上说着‘妈妈，给我那个东西’，实际却在思考‘想体验与世界沟通的感觉’。太荒谬了。”

“会不会是因为成人与儿童的大脑活动模式极其不同，才出现了这种结果呢？”

“有可能。”汉娜表情郁闷，“那就要重新开始，所有的工作都是。”

不祥的预感笼罩着会议室。不过，如果明确了问题的原因，也不是完全没有解决办法。

秀彬与汉娜把之前收集的思维－表达数据全部按照年龄进行分类，并单独提取了语言发育欠佳的儿童的数据。可用数据大大减少，研究难度增大。她们只能整天给合作机构打电话，要求对方再发送一些录音资料。不过，那也好过相信儿童经常说出一些奇言怪语的当前结果。

秀彬与汉娜对数据分类抱有一丝期待，分析结果却依然令人绝望。儿童的大脑模式比研究组起初的预测复杂得多，分析成年人的模式反倒更加简单。实际上，负责成人大脑模式分析的其他研究组的工作正在有条不紊地进行着。他们大量收集没有语言表达问题的成人大脑模式数据，然后应用于发声器官存在问题或者由于某种原因导致语言表达困难的受试者，开展把思维转换为语言表达的实验。反之，秀彬的研究组依然深受婴儿哲学对话分析结果的折磨。不论怎么重新收集和分析数据，结果始终一样。

“婴儿……”

“复杂、深奥且富有哲学性的婴儿。”

秀彬与汉娜揪着头发，瘫坐在沙发上。是不是想得太容易了？秀彬陷入了深深的苦恼。或许是因为人类的大脑不同于狗与猫，复杂而多变，所以不会轻易显露其中的奥秘。

两人讨论了很久，是否应该中断研究项目，更换主题或研究方法。其他研究员也一起加入攻坚，找到了这种哲学性的婴儿哭声问题的突破口，却没有得出答案。

中期会议结束，大家一致达成了更换项目的意见，研究即将不了了之，事情却开始向着奇怪的方向发展。

“秀彬姐，可以帮我看看这个吗？”那天，汉娜表情怪异地递过来一份打印材料。她像是下定了什么决心，轻咬着嘴唇。

秀彬接过文件翻开，看过几页之后，又重新合上，像是不相信自己的眼睛。她的眼中充满怀疑，感觉自己像是正在阅读一部十分荒唐的小说。

“这是什么？什么意思？”

“就是你看到的那样。这是婴儿们喃喃自语的分析数据。你记得那天吗？柳德米拉行星被发现的那天。当时的录音数据都是如此。”

秀彬记得，那天两人第一次讨论了是否应该放弃婴儿实验。那天之后，秀彬依然为已经分析完毕的数据苦恼不已，汉娜却开始分析那些未处理过的数据，并确认了一个令人难以置信的结果，也就是这份打印材料上的内容。

“这到底是什么……”秀彬呆呆地看着这些文字。

这是我们开始的地方

想念我们的行星

柳德米拉

柳德米拉

柳德米拉

柳德米拉重现了那个地方

怀念

秀彬惊讶得张大了嘴巴。汉娜强调，结果已经确认了几十次。

“我也难以相信，所以现在才给你看。那天，婴儿们都是这种想法。”

汉娜带来了自己分析的数万个数据处理结果。研究组判定那些数据没有意义，未曾进行过认真分析。而汉娜在分析结果不是噪声的前提下，从中提取了反复出现的语义。她沿用研究组认为失败并废弃了的婴儿表达分析图表模型，分析了数万个数据。

数据显示婴儿大脑中有什么东西正在交谈。那些对话就像是几个独立的个体共存于一个大脑中，彼此交换着意见。

你还好吗？刚才听到了奇怪的声音。

这孩子乱动，把椅子撞倒了。

刚才太沉迷于那幅画面了。

已经喜欢上大海了吗？

希望以后可以去看大海。

“这组数据来自同一个婴儿、同一个时间段。正如你看到的那样，”汉娜把打印材料翻到下一页，“婴儿的大脑中似乎存在多重人格。唉，你不要做出那种表情，好像我在胡说八道一样，你先读一下啊。我提取并整理了那些共同语义。怕你不相信，我还重新好好处理了一遍。来，你先看一下。”

它们像是婴儿的养育者。它们在讨论道德。它们在讨论人类的生活。它们彼此对话，像是养育并照顾婴儿的观察者。

秀彬听着汉娜的讲述，只觉得十分荒唐。分析结果正指向一个令人难以接受且倍感困惑的结论。

“婴儿的大脑里存在什么东西，”汉娜说道，“非人类的某种东西。不引入外部因素，这是说不通的。”

“应该是噪声吧。”

“就算假设是噪声，也说不通。噪声能进行如此连贯的对话吗？噪声会进行关于道德、伦理、利他主义的对话吗？这不是更奇怪吗？”

“不过，怎么会……我们收集的数据来自几千个婴儿，每个婴儿都是不同的，可是所有大脑中都存在某种像是在照顾孩子一样的东西？”

“如果不是这样，还能怎么解释呢？”

汉娜有时会提出比任何人都激进而大胆的主张，让所有人感到震惊。不过，她此刻的主张比以往任何时候都更加荒诞无稽。

“所以，你的意思是说……”秀彬语塞片刻，又镇定下来重新问道，“你是说婴儿们的大脑中存在着和我们不一样的智慧存在？”

“如果这样解释，一切就说得通了。”

秀彬决定先不把汉娜的假说告诉其他研究人员。婴儿大脑中的某种存在？也太荒谬了！

然而，她认真考虑了一下汉娜的说法，开始发现某些以前不曾注意过的信息。

从新生儿到刚开始牙牙学语的婴儿，数据显示出一致的倾向性。婴儿表现出来的啼哭或轻语与大脑的语义模式完全不同。婴儿大脑的语义模式不符合受试者的年龄，输出了更高层次的思维结果。正如汉娜所说，这就像是有多重人格在一个人的大脑中对话。

秀彬和汉娜决定称呼那些人格为“祂们”。

祂们讨论感情、心灵、爱与利他性。祂们似乎想要教给婴儿们什么东西。

除了新生儿，两人还大量收集了刚开始学说话的儿童的数据，按照年龄将语音进行归类。表面听起来是“妈妈”“爸爸”“给我那个”等声音的背后，会不会也隐藏着祂们的对话呢？果不其然，儿童的表面语义表达与祂们的对话混合出现。不过，只有七岁以前是这样。三岁以后，推定为祂们的这种对话模式就会急剧减少。每个孩子存在一定的差异，不过大致到七岁左右，这种对话模式就会消失。奇怪的对话只存在于孩子可以完美表达自我之前。从某个瞬间开始，祂们看起来像是完全隐藏了自己。

秀彬想着祂们，彻夜难眠。目前只有秀彬和汉娜知道关于祂们的这个假说。二人处理着未分析的数据，寻找关于祂们的新线索。其他组的研究员们为愈发憔悴的两人感到担忧。还有人安慰她们说，就算失败也是没办法的事情，所谓科学研究，本来就是通过试错才能向着更好的方向前进，所以不要太伤心。

秀彬始终认为，这可能是解读错误。不过，分析的数据越多，结论就越发明确：分析是正确的，祂们存在于婴儿们的大脑中。

然而，祂们到底来自哪里呢？祂们为什么存在于所有婴儿的大脑，到了一定时间又会离开呢？有什么决定性的证据可以证明祂们的存在呢？

“箱子里的婴儿们……”几天之后，瘫倒在沙发上的秀彬说道。

“什么？”汉娜打着瞌睡，抬起头。

“几年前，有一个测定保育员的接触对婴儿是否必需的实验，你还记得吗？”

汉娜这才想起了什么，瞪大了眼睛：“对，使用保育机器人的那个育儿实验……”

“说不定可以利用那些数据。”

“怎么做？”

“箱子里的婴儿实验”旨在验证是否可以只通过机器人养育婴儿。新生儿从出生的那天起，就与外部世界完全隔离，只通过保育机器人进行养育。除此之外，所有养育环境都受到精密控制。也就是说，这相当于在一个巨大的孵化器中，更长时间地养育婴儿。尽管研究组表示实验进行了精密的控制以防对婴儿造成伤害，并以此为前提获得了当局的许可，但关于实验伦理的争议依然很大。实验结果公布之后，这一研究还成为国际话题，受到了极大的指责。

“结果一塌糊涂。”

汉娜点点头：“我记得。婴儿们在保育机器人养育期间，所有行为都是源于欲求，人性与善意完全没有发育。幸运的是，当他们离开箱子在外面成长时，情况变得好多了。”

“没错，不该做那种实验。不过，每次听说那个实验，我都感觉哪里不对劲。”秀彬的视线望向半空，“保育机器人完美模拟了人类养育者。单凭保育者是否为人类，就会让婴儿的倾向产生如此大的变化吗？我一直对那个实验结果心存质疑。明明人类才是受感情和环境过度影响的不完美的保育者。可是，万一那种结果另有原因的话……”

如果大脑中的祂们并非人类天生，而是来自外部呢？就像是寄生虫或者微生物通过一个人传染给其他人那样。祂们可能分布在空气中，或像病毒一样广泛散布在环境中。不过，不管是哪一种，都需要首次接触感染。

因此，如果箱子里的婴儿来到外部世界之前没有机会接触祂们呢？

汉娜突然站起身来：“影像应该还在，我们分析一下那些婴儿的哭声吧。”

在线寻找影像并不难。评论栏里全是怎么能对婴儿进行如此残忍的实验的指责——“把婴儿交给机器人负责，真可怕！”“婴儿需要温暖的人类之手。这些不幸的孩子变得冷酷无情，那是理所当然的！”

然而，重要的可能并不是保育员是否为人类。说不定，不是人类，而是祂们把婴儿们养育成了充满人性的存在。说不定人类最重要的特性来自外部。秀彬准备确认一下证据。

秀彬从影像中输出声音数据，导入转换机。这些哭声乍一听和其他普通婴儿没有什么区别。然而，如果祂们的有无对婴儿产生影响，结果就会有所不同。得到确认的会是婴儿们的欲求，而不是祂们的对话。两人面色紧张地等待着结果。

语义分析程序很快开始运行。第一次结果更接近抽象的语义单位，尚且无法解读。

汉娜的手颤抖着，放到了仪器上。她按下按钮，语义单位转换为语句。屏幕上显示了解析结果。

影像中的婴儿哭声含有如下语义：

饿了。

困了。

可怕。

秀彬和汉娜激动地望向彼此。应该为此感到高兴吗？还是应该对这个诡异的结果感到惊讶呢？

箱子里的婴儿们的大脑中并没有生成思维，只是纯粹的欲求，符合人们对新生儿的期待。降生之后完全没有接触过外部世界的婴儿们，大脑中或许尚未接纳祂们，所以呈现出了研究员们起初期待过的婴儿大脑模式。婴儿识得语言之前，开始思考世界与人生之前，只有生存欲求。

然而，秀彬也知道接下来发生的事情。那些婴儿并未像人们期待的那般成长。

箱子里的婴儿不具有利他性。

* * *

来做一个非常奇怪的假设吧。

从几万年前开始，便已有与人类共生的某种异质性的存在。就像是线粒体进入细胞内，带着与细胞核不同的DNA，与其共生了几十亿年那般，两个原本独立的物种为了彼此的利益共生是很常见的。人类也与体内的无数微生物共生。人们不认为来自外部的它们是“他者”，它们已经是人类的一部分。

然而，假如共生的对象不是地球上的生物，又如何呢？假如祂们并非地球原生物种，而是几万年前甚至更久之前来自地球之外的某颗行星呢？假如祂们占据了我们的大脑，并且支配了我们的童年，教导我们具备伦理人格呢？假如将人类与非人类的动物区分开来的明确特征，其实来自人类外部呢？

“我们坚信的人性，原来是外星性。”研究组组长听了秀彬的假设之后，如此说道。

研究员们的反应各不相同。有人看着婴儿们的对话分析内容，惊讶地张大嘴巴；也有人听得津津有味，却明确表示这不切实际。

“这种观点未免太激进了，很难有人会接受。”

“我也无法相信。”汉娜说，“可是不能否认数据啊。”

秀彬迫不及待地想要观察一下婴儿们的大脑内部。如果祂们真的存在，那么应该可以观察到吧？祂们存在可以被人类看见的物理实体吗？祂们由什么粒子组成呢？很难立刻验证这些疑问。研究组现在调查的是活人的大脑，而且在对研究对象的物理特征一无所知的情况下，只观察大脑不可能立即有所发现。如果能够被发现，那么在他们研究室发现祂们的存在之前，医学界应该早就公布这种寄生于所有幼儿大脑中的生物了。

“无法从物理上被观察到，说不定是理所当然的。如果祂们具有可被观察的外观，那么早已经在之前漫长的解剖历史中被发现了。”

秀彬认为组长说得对。尽管如此，如果有可以观察的大脑样本，她依然想看一整天，不过她知道不可能，只好点了点头。

除此之外，还有很多需要考虑的问题。共生关系中，生物之间可能彼此互利，也可能单方面受益或者受害。人类与祂们的关系是哪一种呢？如果有一种非人的生物寄生在人类幼年期的大脑中，祂们会获得什么利益呢？祂们和人类一样是碳基生命吗？如果真的像通过祂们的对话所推测的那样，祂们教导婴儿伦理与利他性，那么祂们会从人类这里获得什么回报呢？祂们为什么选择寄生在人类，而非其他生物的大脑里呢？

“我认为这与柳德米拉行星有关。”汉娜说道，“祂们把柳德米拉行星称为故乡。不过，那颗行星在很久之前已经毁灭了。祂们是不是离开故乡，四处寻找生存之地，然后来到了地球呢？”

柳德米拉行星是一个决定性线索，表明了祂们的存在。确切地说，那颗行星曾经实际存在于宇宙某处，而现在已经消失，柳德米拉曾经生动描绘过那里的风景，那里曾经是祂们的家园。

如果祂们是足以教导人类的智慧生命体，那么祂们可能已经提前预测到了自己行星的末日。祂们离开故乡，在宇宙中漂泊，偶然来到了地球，开始与人类共生。

秀彬说："依据对话判断，祂们是高级智慧生命体。这不禁令人怀疑，以我们人类的语言破译祂们的对话，是否简化了那些对话？祂们可能是远远凌驾于人类之上的存在。与此同时，祂们却也原样沿用人类的大脑活动模式。说不定祂们是需要借助宿主来进行智慧活动的生命体。这也是祂们选择人类大脑而不是其他生物的缘由。如果祂们真的在几万年前就已经到达了地球……人类智慧的进化与文明的诞生，可能是通过与祂们的共生所引发的。就算祂们刚开始并没有教导人类的打算，祂们的智慧也会在共生过程中传递给人类。"

所有人陷入了短暂的沉默。如果人类与祂们共生了这么长的时间，那么在这间研究室之外是否也能发现证据呢？秀彬认为，说不定共生假说的证据遍及整个人类社会。

"亲自和祂们进行对话怎么样？"有人提议道。秀彬正准备提出同样的意见，其他研究员应该也持有类似的想法。不过，这项方案很难执行。研究组正在进行以婴儿为对象的研究。分析从婴儿日常生活中提取的数据，与亲自尝试与祂们对话，是完全不同的工作。尤其是，难以预测这种对话会带来什么结果。如果进行对话的行为刺激了祂们呢？祂们一直向人类隐藏自己的存在，会愿意接受来自人类的对话吗？轻率地进行对话，会不会伤害到受试者呢?

“不过,我们的大脑中现在没有祂们吧?”有人可能是产生了类似的担忧,如此问道。

为了避免亲自与祂们对话带来的风险,秀彬想出了另一种方法。如果祂们的故乡真的是柳德米拉行星,那么给婴儿们展示柳德米拉的绘画或者仿真作品,肯定会引发某种特定反应。最早的线索就是婴儿们看到行星时所产生的思维模式,所以也不会有什么危险。大量收集这些数据,应该可以获取更多关于祂们的信息。

“果不其然,大脑模式真的显示出极强……极强的活跃度。而且,因为比平时活跃得多,反而难以进行正常分析。”正如汉娜所说,婴儿们看到柳德米拉行星之后变得非常安静,无法从移动的风景上挪开视线,简直不像婴儿。研究员观察大脑活动模式时,反应狂热的其实是婴儿大脑中的祂们。祂们在大脑中进行热烈交谈,比平时的对话更快更复杂,混合着多种含义。太多信息混杂在一起,很难解析。不过,祂们与柳德米拉行星关系密切,这一点是毋庸置疑的。

研究组针对是否要向大众公布研究结果展开了讨论。

“就算我们保守秘密,人们总有一天也会发现祂们的存在。所有人都迫切渴望掌握通用翻译机技术,想要把它用在婴儿身上的研究组又不止我们一个。”汉娜说道,“就算人们对外星生命心怀抗拒，恐怕也不会改变什么。难道我们还能把祂们从婴儿们的大脑中驱赶出去吗？”

“依这个分析结果来看，我们似乎应该祈求祂们和我们生活在一起。如果祂们离开了，我们就会失去我们一直坚信是‘人性’的特征。”

“我倒是很好奇，人类的自尊心有多强。”

“不过，这个结果依然令人难以置信，因为我能感觉到，现在的我们与祂们是完全分离的。如果那种智慧生命体真的曾经存在于我们的大脑之中，就算我们已经成年，应该也会留下些什么吧？”有人提出了一个重要的问题。

如果祂们在人类的大脑中栖息并产生影响，成人的大脑中应该也会留下祂们存在过的痕迹。不过，成人的大脑中完全检测不出类似的对话模式。

只是默默聆听的组长谨慎地提出了另一个假设：“虽然这只是一种推测，但是继续留在幼年期已过的人类大脑中，似乎会给祂们带来什么麻烦。‘不想离开，但现在必须离开’，有几处出现过这种含义的对话。”

秀彬正在查看数据，这时她指着图表中的一个点说：“我比较在意这个时间点。如果祂们的确会彻底离开我们，那么七岁时应该发生些什么特别的事。但数据是连贯的。只有七岁以下的孩子隐约表现出祂们的模式，之后就完全没有了。”

七岁左右的表达分析结果中，祂们的对话完全消失了。年龄更大的孩子与成人的思维－表达完全一致。祂们似乎只存在于人类幼年期的大脑中，且会在孩子七岁时告别。

“会不会与幼年期记忆丧失有关呢？七岁以后的孩子会忘记大部分的童年记忆。”汉娜说道，“这段时期的海马体会影响长期记忆，儿童丧失记忆与海马体的发育有关，这已经是定论了。新的神经组织快速发育，童年的记忆就会消失。”

极其年幼时的记忆，尤其是与自己有关的事件的记忆，从七岁开始，大部分都会消失。没有成年人会记得新生儿时期或者三岁左右的事情。就算有，也只是看到过去的照片或者听到其他人的回想，感觉忆起了过往而已。

“不过，不久前，我看过一篇让我印象深刻的论文。那是刊载于神经科学期刊的一篇简短报告，其研究结果推翻了那个神经发育假说。以全新的成像技术分析经历幼年期记忆丧失的年龄段的孩子时，其神经发育阶段和记忆丧失程度完全不匹配。统计结果显示，两者毫不相关。”

汉娜做说明时，研究员们找到了那篇论文，展示在屏幕上。

“作者笼统地指出幼年期记忆丧失另有其他外部原因，但表达得并不清晰。这个观点很有争议性，反驳的论文立刻铺天盖地。

不过，如果真的不是神经系统发育的问题，幼年期的记忆是因为外部原因而丧失，那到底是什么呢？是什么带走了孩子们的记忆呢？我一直在想，说不定是……”

“祂们。”秀彬说道。

汉娜点了点头：“祂们和记忆一起离开了我们。”

* * *

柳德米拉的存在是这个假说中最令人震惊的部分。

柳德米拉是唯一一个在成年之后也能意识到祂们的存在的人。柳德米拉正式开始创作“行星”系列作品，是在幼年期之后。也许祂们在柳德米拉长大之后也没有离开，一直影响着她。柳德米拉终其一生都在描绘行星的风景，甚至给出了具体的数值，这个事实意味着她明确地意识到了大脑中的祂们，或者祂们的记忆已经完全传递给了柳德米拉。

“因为祂们与所有地球人都共生过，却只有柳德米拉知道祂们的存在。”

研究组调查了柳德米拉·马尔科夫的生平。与显赫的名声相比，她留下的故事很少。不过，一个显而易见的事实是，柳德米拉的人生非常孤独。

“柳德米拉从小就展现出了创作才华。她细腻而敏感，善于倾听内心的声音。说不定柳德米拉很早就意识到了祂们的存在。她甚至还知道，童年时期在那个无人关怀的环境下……是祂们一直在悉心照料自己。”

刚开始画画时，柳德米拉可能把祂们在大脑中展现的风景画了出来。不仅是风景，祂们对整颗行星的记忆或许也完整保存在柳德米拉的大脑中。柳德米拉从未说过谎。她真的“去过”那颗行星，通过在自己大脑中生活过的祂们。

秀彬说：“柳德米拉会不会是通过留下关于行星的画作，更加清晰地记住了祂们和那颗行星呢？我认为，再现祂们记忆的运动记忆[①]，也影响了关于行星的情景记忆[②]。这两种记忆基本分离，却也有所关联。”

“祂们和记忆一起离开幼年期的人类，似乎是在谨慎地不向人类暴露自身的存在。但是，祂们为什么没有阻止柳德米拉通过绘画再现行星呢？”

“根据我们分析过的对话，祂们认为柳德米拉画的行星非常特别。因为祂们也想念并且热爱自己的行星。”

---

① 指以身体的运动状态或动作形象为内容的记忆，是形象记忆的一种。记忆的对象不是静态的人物、物体或自然景物，而是各种运动的动作形象。——若无特殊说明，脚注均为编者注。

② 是长时记忆的形式之一，包括过去的亲身经历以及与此相关的情绪和感觉等。——译者注

秀彬说完，研究室瞬间安静下来。

如果从几万年前消失的行星来到地球的祂们依然记得并怀念故乡行星的风景，那么，就算所有地球人总有一天会忘记祂们的行星，祂们也希望柳德米拉——唯一成功将那颗行星清晰且美丽地再现出来的人——一定要永远记住那颗行星。

几万年前存在过的某颗行星……

现在，研究组只剩下最后一个问题。为什么人们对柳德米拉的世界如此狂热并为此欢呼呢？为什么人们看到柳德米拉的世界会落泪呢？为什么人们从未去过那里，却从她的画作中感受到了乡愁与久远的思念呢？人类历史上创造过那么多假想世界，为什么只有柳德米拉行星在世界每个角落留下了如此独特而强烈的痕迹呢？

“因为祂们在我们的大脑中生活过。”汉娜说道。

秀彬认为，这可能就是祂们存在的决定性证据。祂们在人类大脑中留下的痕迹，那段模糊而抽象却始终无法抹去的记忆，以及对于教导并照料过我们的祂们的依稀怀念。

人们看着柳德米拉行星时，思念的或许不是行星本身，而是在童年时期离去的祂们的存在。

秀彬说：“那个系列，大家都记得吧？柳德米拉还有另一组作品。”

“不要离开我——我很喜欢那个系列，虽然没有‘行星’系列那么有名。”研究组长说道。

“是的，正是那个名字。”秀彬想到那组依然无法解读的系列作品可能是关于柳德米拉的人生的最重要线索，“说不定那是柳德米拉的请求。”

“请求？”

“柳德米拉是唯一知道祂们存在的人……”秀彬的心情非常激动，“那是柳德米拉对祂们的告白。诸位请想一下那个系列的名字，还有那个系列贯穿始终的依恋、悲伤与孤独的情绪。形单影只的柳德米拉，应该格外渴望祂们的存在吧。祂们是柳德米拉唯一的朋友、父母和同伴。”

柳德米拉对祂们说的话：不要离开。不要带走那个美丽的世界。在我长大之后，也请留在我身边。

研究室陷入了短暂的沉默。

汉娜絮叨着：“祂们从来没有离开过柳德米拉。”

当时在场的所有人都在想着同一处风景——柳德米拉描绘的那颗行星，那个色彩奇妙的蓝色世界，与人类共生了几万年的某种存在曾经生活过的古老故乡。

秀彬瞬间陷入了一种奇妙的情绪之中，她非常怀念以前从未见过、感受过的某种东西。

如果我们无法以光速前行

우리가 빛의 속도로 갈 수 없다면

可以允许

我的最后一次航行吗？

老人已经坐下了。她背对入口，正望着航空站外。男人短暂地做了一番思想斗争。他在考虑要不要先发出一点声响，以免吓到老人。老人转过头来，看了男人一眼。男人下意识地弯腰问好。老人微微一笑，重新把视线转向玻璃窗。这是不打算理睬的意思吗？

男人正感到不知所措时，老人说话了："抱歉，只有橙汁。根据体检设备的建议，我不能再摄入咖啡因了。"

男人眨了眨眼，老人抬起手，拿起一小袋橙汁："你也来一袋吗？"

"抱歉，我也收到了低糖饮食的劝告。"男人和善地笑着回答。

老人耸了耸肩："我的私人飞船里备有无糖果汁，不过味道有点恐怖。"

老人回答得漫不经心，令人难以捉摸。而且，私人飞船？男人皱起眉头，看向她指着的通道。想要从外部进入这个等候室，必须经过那条通道。通道尽头亮着绿灯，表明正跟飞船处于对接状态。男人在来路上看到的那艘破旧飞船看来是她的私人财产。当然，说是飞船有点太小了。那个规格顶多可以往返于地球表面与卫星轨道，比起飞船，更应该称其为太空梭。

男人短暂地陷入沉思，老人的视线再次转向玻璃窗。呼噜噜，袋装橙汁即将见底，吸吮声打破了寂静。老人用手晃了晃空荡荡的袋子，把它放到旁边的椅子上。

老人的座位紧靠着玻璃窗。她的身后放着一条四座联排长椅，柔软的皮垫表面以金属把手相隔。男人这才看清整个等候室。这里复现了古老交通工具的驿站风景。男人曾看过年代久远的小型火车站的照片。如果有人去过那种地方，或许会觉得这座航空站别有一番情调。

男人转过头，又看到了其他的东西。墙上用官方语言写着“太空旅行时刻表”，底下是密密麻麻的时间，十分模糊，看不清楚。根据上面的三四个标识来判断，这座航空站可能由多家公司共用。等候室的一角是信息窗口，窗口的透明玻璃窗里站着向导机器人。令人惊讶的是，机器人依然在运转，额头灯光闪烁，重复着广播通知。

等候室的一侧从上到下都是透明的落地窗。多颗沿轨道运转的人造卫星以不同的速度掠过，后方是像背景板一样的蓝色地球。男人走到默默看着地球的老人身边坐下。老人似乎并不在意。男人很难开口。他想起一个建议——如果开门见山直奔主题，可能会吃闭门羹，得先听一下老人的故事。

男人问道："老人家，请问……"

"叫我安娜。"

"哦，好的。安娜，您要去哪儿呢？"

老人依然盯着窗外，回答道："斯伦福尼亚行星系。"

"那里应该很遥远吧。"

"所以我才来这里。"

老人从怀里掏出了什么东西。那是一张很久之前的飞船票。边角很旧，整张票却依然挺括，看起来保存得很好。老人把票递到男人面前。票上印着"随时可以出发"的字句和目的地。斯伦福尼亚行星系，第三行星。

"我听说去往远宇宙的飞船从这里起航。当然了，可能去往近宇宙的飞船更多。不过，这里是我这种人的唯一希望。"

"看来这里有飞船去往斯伦福尼亚啊。"男人以轻快的语调说道。

安娜微微眯着眼睛，皱皱鼻子，问男人："你来这里有什么事？看起来不像乘客，你是职员吗？"

听到老人询问自己是不是职员，男人有些吃惊："算是吧。不过，其实我是第一次来这里。"

"既然你是职员，怎么可能第一次来呢？"

"因为我是外派人员。仅仅在地球轨道上，就有无数颗人造卫星，公司不愿逐一管理，所以委托给了卫星管理中介。这些卫星往来于几个轨道，很难掌握。我今天在这座航空站，一周后可能又在其他地方了。到时候，您应该也不在这里了吧？"

这时，两颗大型人造卫星从两人身旁掠过。

"航空站越来越多了。"

"是啊。进入宇宙开发时代已经很久了，地球看起来依然十分拥挤呢。"

男人观察着老人的脸色。老人没有说话。

不知道怎么搞的，男人明明想听老人的故事，却似乎只说了自己的事情。他瞥了一眼默默看着玻璃窗的老人，下意识地把手伸进包里，身子一颤，又把手拿了出来。如果无意中掏出终端机，可能会被老人看到。男人希望老人没有注意到自己的行为。

"去往斯伦福尼亚的飞船什么时候出发呢？"

"你不应该比我更了解吗？"

"不清楚，因为我只负责检查简单的器材。"

男人指了一下窗口的机器人。大厅十分整洁。难道自动清扫装置依然在运转吗?

“原来如此。我还以为你是过来维修那个的。”

老人指向了什么东西。男人再次吓了一跳。他刚才没有注意到那个东西。在可以看到地球的玻璃窗前,有一个向导机器人,与信息窗口的那个十分相似。不过,它额头的灯光间歇性地闪烁着,嘴巴缓慢地一张一合,却又发不出任何声音。看起来不像是坏了,而是快要报废了。

“哦,是的,还有那家伙啊。当然要修一下了。”

男人从座位上起身,把随身携带的包放到稍远处的椅子上,走向松垮地靠在玻璃窗上的向导机器人。男人其实对机器人维修一窍不通,顶多换过家用机器人的电池。尽管如此,他也只能硬着头皮试一下。机器人身后的充电线长长地拖在地板上。电线绕了圆形大厅一圈,与玻璃窗旁边的配线设备相连。

“不好修啊。”

为了让机器人无论如何也要苏醒片刻,男人想要鼓捣一番,却发现内部配线与家用机器人不同,不禁流下冷汗。他不确定安娜是否正看着自己。安娜的视线令他感到困扰。

男人拆卸着一个零件,问道:“您去斯伦福尼亚做什么呢?”

“丈夫和儿子在第三行星。”

“那你们相隔很远啊。”

斯伦福尼亚行星系是一个什么样的地方呢？男人以前背诵过主要行星系及其特性，现在却已记忆模糊。

安娜先开口说道："第三行星资源丰富，很适合居住。最初进行开发是为了获取稀有资源，不过由于居住环境好，拓荒移居的人特别多。我的丈夫和儿子也想体验地球之外的生活，所以一起加入了拓荒移居队伍。"

"哦，那里是……立克达特的产地，对吧？"

男人听到稀有矿物的事，勉强想了起来。立克达特这种矿物，现在已经不怎么使用了。

"原来你知道啊。那时，人们大肆宣称用那玩意儿就能布置轨道电梯。载人飞船首次奔向斯伦福尼亚时，新闻连续数日铺天盖地。结果，我们现在仍然乘坐着老式太空梭。真是受够了那种肺部每次被压迫的感觉。"

安娜用眼神示意了一下窗外的太空梭。男人并不知道轨道电梯是什么时期的事情。既然不懂，转移话题才是上策。

"新技术大多如此吧。说起来，您当时为什么没有和丈夫一起去呢？"

"你的疑问很多啊。"

男人听到这句话，手里转动的螺丝刀顿了一下。

"不要紧张，好奇是年轻的象征。"

男人完全不擅长引导他人发言。他担心老人会不开心，感到十分为难。

与他的担忧相反，安娜似乎并不介意。不过，她谈起了一个意想不到的话题。

“你知道深度冷冻技术吧？”

“是的，当然知道。”男人如实答道，“那是一种冷冻睡眠技术吧？”

深度冷冻技术引发了人体冷冻睡眠革命。不过，现在冷冻睡眠技术并未普及，只是偶尔应用于医疗领域。

“没错。准确地说，是一种使用 β 防冻液和纳米机器人来实现冷冻睡眠的方法。我曾经研究过深度冷冻技术，说是我开发了那个技术的核心部分也不为过。只留下技术，学者的姓名被遗忘，这种事情不算稀奇，不过我在当时是一个相当有影响力的研究者。这是我人生中所剩不多的一点自豪了。”

男人点点头，看着安娜。安娜此刻面色憔悴，令人难以相信她曾是一位著名学者。

“宇宙开发时代的序幕拉开时，曲速引擎得以普及，多颗行星开发成功，联邦政府扩张到宇宙。在那个时代，大家都梦想着在其他行星开始新生活，我的丈夫和儿子也不例外。”

男人也学习过广泛应用曲速引擎的那段时期的历史。人类此前只涉足过月球和火星，太阳系之外只能发送无人探测器，曲速引擎的发明成为真正意义上广泛开发宇宙的契机。

飞船虽然无法达到光速，但是人们创造出了曲速泡，可以通过弯曲移动的飞船周围的空间，使飞船比光更快到达其他星系。从地球附近的恒星系中资源丰富或者与地球具有相似环境的行星开始，宇宙开发启动了。

“深度睡眠是人类宇宙开发进入下一阶段的必备技术。就算通过空间弯曲缩短了星际距离，飞船从地球出发到抵达其他恒星系依然需要很长时间。近距离的恒星系仅有几光年远，不过那里几乎没有对人类有用的行星；遥远的恒星系足有几百甚至几万光年远，就算使用曲速引擎，也需要几年时间才能抵达。虽然人类并非无法熬过那段时间，但是窗外只能看到荒凉黑暗的宇宙，在毫无趣味可言的飞船中，能有几个人保持精神正常呢？而且睁着眼的人要吃喝拉撒，就要装运足够的物资。因此，需要一种非常先进的人体冷冻睡眠技术，让更多的人在沉睡中被送往宇宙各处。”

“那么，您负责其中的哪些研究呢？就算是冷冻睡眠，也会有一些底层技术啊……”

男人意识到自己不知不觉间对安娜的故事产生了兴趣。

安娜只是笑了一下，说：“看来你也有所耳闻。冷冻睡眠由三个阶段构成。在零下一百九十六摄氏度急速冷冻人体；几年间以同样的温度保持人体稳定的冷冻状态；在确保人体不会受损的情况下，安全解冻。当时的科学家们认为冷冻睡眠是一种尚不完善的危险技术，因为三个过程都有可能对人体造成永久性的损伤。其中最伤脑筋的问题是，如何替换人体体液。因为冷冻睡眠过程中发生的人体损伤大多与体液的特性有关。人体大部分由水构成，水结冰后体积膨胀，导致细胞与组织受到损伤；再次解冻时，体积也会发生变化，身体的各个组织遭到破坏——必须解决这个问题。"

男人点了点头。

"我研究的是一种叫作'安提弗利啫'[①]的有机物混合液。这是一种可以取代血液和体液的防冻液。它必须对人体无毒，适合冷冻和解冻。而且，还要考虑纳米机器人和人工酶活性的调配比例。为了减少解冻过程中的细胞损伤，我可没少费心思。总之，如何维持低温状态或者用其他液体化合物替换体液的技术都先一步取得进展，开发对人体无害的防冻液却成了冷冻睡眠的终极难题。当时使用的防冻液不能完全阻止细胞损伤，因此每个人一生中只能接受两次冷冻睡眠。"

"原来如此。您成功了吗？"

---

① 原文为 Anti-freezer。

“你觉得怎么样了呢？”

男人在安娜的反问中放下手里修理机器人的工具，只是眨着眼睛。安娜笑了。

“听我说。总之，我为了开发那个防冻液，留在了地球。虽然不乏作为学者的好奇心，不过……当时似乎也觉得应该为人类的未来做点贡献。深度冷冻是宇宙开发下一阶段的必备技术，在医疗领域也有所需要。因为在那个时代，每天都会出现新的疾病治疗方法，所以可以心存一种希望：无论得了什么不治之症，只要冷冻十年，醒来时就会有人找到解决办法。当时简直就是人类智慧的黄金时代。”

安娜诉说着过去，眼睛里闪着光。男人在心里揣度着她所说的是哪个年代。

“丈夫和儿子决定去斯伦福尼亚时，我以为我的研究已经接近尾声。情况确实如此。连日发表新论文，技术普及也近在眼前。丈夫和儿子先去了斯伦福尼亚，我决定研究结束之后再去。我对地球生活很满意，却也很期待移居其他行星开始新生活。斯伦福尼亚以风景优美著称嘛。二代拓荒移民已经常住，所以生活应该也不会太过辛苦。先把丈夫和儿子送过去，是因为觉得既然打算定居，那么早点过去适应环境比较好。当时，我没有想到自己的研究会延期这么久。”

安娜的语调逐渐变轻，最终沉静下来。男人干咽了一口唾液，等待着安娜的后续故事。

安娜耸了耸肩，继续讲下去："不过，我最近在想，就算当时已经知道这些，或者可以重返当年，我会放弃之前的一切奔赴斯伦福尼亚吗？我苦苦思索，却难以找到答案。当然，这些都只是毫无意义的想象罢了。"

"如果是我，也很难放弃。"

"你这样认为吗？"安娜微微一笑，"总之，未来就在眼前。只要再迈出一步，只要一步，人类就能利用深度冷冻技术，在沉睡中去往更遥远的星际，宇宙会在人类的掌握之中，我对此十分确定。在好奇心与决心的驱使之下，我满怀热情。我们的项目几乎进入了最后阶段，只要解决几个小问题就可以了。不过，人生真是难以预料。"

安娜说到这里，停顿了一下。男人的心情有些微妙。

"你可能也知道接下来发生了什么，所谓宇宙开发时代的第二次革命。"

"嗯……"男人思考了片刻，"人类发现了高维虫洞隧道的存在，对吧？"

安娜笑了。那种笑容略显苦涩。

"是的。"

曲速引擎开启了宇宙开发的全盛时代，却未能提供给人类无限的速度。去往其他星系，短则几个月，长则十年以上。然而人类的寿命最多只有一百多年，其中活跃期只有几十年。人们把深度冷冻技术当作唯一的方案与解决办法，也是为了缩短有限的人类寿命与无限的宇宙之间的距离。

当然，也有人认为星际航行技术存在其他的可能性。宇宙中存在着无数“虫洞”的理论就是其中一例。这一理论认为，宇宙像是一个被虫子咬了洞的巨大苹果，到处存在着连接空间与空间的高维虫洞。利用这种高维隧道，可以瞬间从宇宙的一端到达另一端。人们起初认为这种想法过于荒诞。虽然已经在极小的范围内成功观测到了高维隧道，但在浩瀚宇宙中利用虫洞，像是一种天方夜谭。况且当时已经发明了优秀的曲速引擎航行技术，虫洞理论未能引发关注。

虫洞再次受到关注，是因为一次偶然事件。一艘航行中的宇宙探测器突然失去信号，无论怎样追踪其路径，都找不到下落。探测器后来被发现于一个意想不到的地方，那里几乎可以称为宇宙的另一端。某物理学研究组不断追查，终于查明事实真相：探测器研发的特殊轴子[①]微粒束激活了宇宙空间的虫洞。接下来的后续研究改变了宇宙开发的模式。虫洞十分不稳定、不会与飞船

① 一种比原子小、很轻的中性粒子。

等庞然大物相互作用的定论被推翻。由于失踪的探测器事件，将虫洞变得稳定的技术陆续面世。

宇宙中存在无数虫洞，人类只要利用这些“隧道”就足够了。

“在这一刻，宇宙开发时代结束第一幕，进入了第二幕。”

男人轻轻皱了皱眉头：“因为发现了虫洞，您的研究泡汤了吗？”

“哦，没有。从结论开始说吧，我们的项目最终取得了成功。”安娜露出微笑。

男人对此颇感兴趣。也对，深度冷冻技术不只是星际航行所需，不会立刻就被搁置的。男人紧皱的眉头舒展开了。

“当然，也有遗憾。事实上，人们对我们这项研究的关注比以前少了。深度冷冻此前可以得到大量的研究经费，是因为它象征着宇宙开发的最后希望。因为虫洞的发现，星际航行技术的主轴彻底转移了。”

在男人出生的年代，很难想象这种突如其来的技术革命。这或许是因为，人类已经在安娜那个年代经历过许多试错。安娜暂停讲述，向男人示意了一下他眼前的机器人。男人完全忘记了自己要维修机器人，不知不觉中只专注于安娜的讲述。看着灯光暗淡下来的机器人，男人有些犹豫不决，安娜却泰然自若地继续讲述。

“总之，工作必须收尾。医疗领域依然需要我们的研究。宇宙开发的诸位先驱以他们的方式开启了新时代，我们也要以我们的方式完成这项研究。不过，出了一点问题。”

安娜的嗓音变得低沉。

“由于联邦政府与大众的注意力迅速转移，从第二年开始，我们的研究经费大幅减少。虽然不至于无法完成研究，却不能继续雇用合同制的技术人员。人手减少了。人均工作量增多，项目结束的时间也延迟了。当然了，我们并没有因此而未能完成研究。正如刚才所说，项目正在收尾。不过，想到付出了那么多时间的研究就要这样结束，也很惆怅。日程推迟，我并没有特别悲伤。总之，所有的一切都会结束，完成这项研究，我就会去往斯伦福尼亚，离开地球，在那里和家人度过余生。”

说到这里，安娜停顿了一下。

短暂的寂静之后，她又补充了一句：“我当时是这样想的。”

男人感觉安娜平静的面容背后隐藏着复杂的情绪。

“第二年，又过了几个月的时间，我们决定在当时最大规模的学术会议上发表这项研究。尽管必须放弃‘宇宙开发时代的唯一希望’这个宏大主题，我们依然是那个学术会议中最受关注的一组。学术会议结束后，就会全面签署普及化的相关合约，我打算用一个月的时间与地球生活告别。就这样，到了学术会议的前一天。你能想象我当时有多紧张吗？我做过很多次公开发言，从来没有像那天晚上那样紧张。那是理所当然的。我即将公布耗时十年的研究结果，亲口宣布人类已经完美地掌握了冷冻睡眠技术。我对着镜子练习表情，修改措辞。这时，行政秘书打来了一个电话。”

“电话？”

安娜沉默了片刻。她再次开口时，面带忧伤。

“秘书很慌张。她以非常急切的语气，告诉我去往斯伦福尼亚的飞船次日最后一次出航……她还说她知道我有学术会议的安排，可是她必须告诉我这个消息。”

男人眉头紧蹙，说：“太离谱了。怎么会突然中止航行呢？根据联邦法，开发行星通常都会与地球维持长久交流啊。”

“原来你不熟悉远宇宙的概念。”

男人闭上了嘴，极力克制自己不表现出慌乱。

“关于远宇宙……”安娜的视线转向窗外，“发现虫洞隧道的同时，宇宙开发模式发生了改变，我刚才说过这个了吗？”

“说过了。”

“技术转换比想象中实现得更快。与以往的曲速引擎相比，利用虫洞隧道的引擎有很多优点，更快捷、更安全、更经济。因为曲速引擎需要在飞船周围持续制造临时的、局部的空间弯曲气泡，能量消耗很大，航行时间也很长；而利用虫洞，只要进入现成的隧道就行了。花费同样的资金，我们利用曲速只能把飞船运送到一个地方，利用虫洞隧道却可以将其运送到至少五个地方。”

安娜说得没错。据男人所知，现在已经没有飞船使用曲速引擎了。

“问题是……虫洞引擎只能利用宇宙中已有的隧道，人类无法创造新的隧道。在大多数情况下，这算不上什么问题。自从人类普及稳定虫洞的方法之后，发现了很多隧道。星际航行的历史被彻底改写。斯伦福尼亚的问题就出在这里。斯伦福尼亚曾经离我们很近，却在虫洞引擎投入使用的那一刻变成了‘远宇宙’。那里没有隧道。没有通往斯伦福尼亚行星系的隧道，也没有通往附近星系的隧道。在新开发时代，飞行时间压缩至最长一个月，通过已经存在的隧道就可以去往无数恒星与行星，那么还有必要向需要沉睡几年才能到达的地方发射飞船吗？”

男人这才明白为什么自己此前几乎没有听说过斯伦福尼亚。男人研习过各种各样的行星系和主要行星，斯伦福尼亚只被记录为一颗曾经拥有丰富资源的开发行星。

“宇宙联邦经过计算之后，通报了这个结果：斯伦福尼亚的人口已经足够维持独立行星国家，没有必要继续发射飞船，此举毫无效益可言，而且能源也不足。我……只顾埋头做研究，不知道联邦已经以这种形式把多颗行星划入了'远宇宙'名单。真令人无奈。"

安娜面无表情。

"那天晚上，我在酒店房间里能有什么办法呢？几千位听众等着第二天听我发表研究结果，我也根本没有准备好移民去别的行星。"

安娜的语气依然平淡，男人却可以猜想到她当时的绝望。

"当然，我觉得不管怎样都应该尝试一下。我决定在会议结束之后立刻乘坐太空梭去往宇宙航空站，甚至还提前结束了发言。"

"您成功了吗？"

"没有，我失败了。发言结束之后，太多采访组拦住了我。我说我没有时间回答，被耽误的那段时间却是致命的。"

"……"

"那个过程十分戏剧化，简直可以写成小说或者拍成电影了。不论如何，结局是一样的，我失败了。"

男人已经不再维修向导机器人。向导机器人额头上闪烁着的微弱灯光，最后完全熄灭了。安娜的视线短暂地转向了停止运转的机器人。

"像我这样留在地球的人不少。有人因故未能及时离开，有人与家人或者珍惜的人生离死别。宇宙联邦对此视而不见。由于技术模式的变化，有几十颗行星突然由开发行星转变为‘远宇宙’。他们表示，向那几十颗行星运送少量乘客，效益太低了。很可笑吧？仅在数年前，联邦还只能使用那种效益很低的方式呢。”

男人点点头，抬头看向老人视线投射的方向。航空站大厅的天花板上写着这样的字句：为了等待的人们。

“一个民间组织表示愿意帮助我们。不过，乘务员很难找。如果在以前，可以将此看作一次往返地球与行星之间、报酬丰厚的长期出差。可是，有了更好的方法以后，谁会愿意花时间去一趟呢？虽然冷冻睡眠技术即将大功告成，但是他们也有想要陪伴的家人。”

“原来没有飞船出航啊。”

“是的。不过，据说会有极少量的飞船……每隔几个月或者几年，运送去往远宇宙的乘客，就在这座航空站。”安娜随意指了指航空站的地面，“我等了很久，现在应该轮到我了。”

“那么，”男人表情微妙，“您还在这里等待去往斯伦福尼亚的飞船吗？”

“是的。”安娜微笑道。

不过，她是怎么做到的呢？男人再次忍住了内心翻涌的疑问。

“我现在知道您为什么渴望去往斯伦福尼亚了。”

男人用手拍拍椅子。安娜看着男人。男人不知道应该如何开口，他总感觉嗓子干涩。

“不过……当初没有任何约定。没有人承诺去往斯伦福尼亚的飞船在此起航，那张飞船票上也没有具体的时间和日期。”

“上面写了‘随时可以出发’啊。”

“换种说法，无论到了什么时候，都不能保证可以出发。”

男人不停地摩挲着后脖颈。安娜只是半闭着眼睛，转移了视线。

她以单调的声音说道：“如果你觉得我很傻，我也无话可说。我能做的事情，只有等待。”

“可是，安娜，你不是已经知道了吗？”

“什么？”安娜严肃的脸上浮现出微笑。

“早在一百年前，这里就已经废弃了。你不应该不知道啊。”男人迫不及待地说出了这句话。他可能已经没有耐心继续聆听老人的讲述，又或者觉得此刻是说出这句话的最佳时机。不过，安娜的表情没有什么变化。

短暂的寂静之后，安娜耸了耸肩：“就算知道了，会有什么改变吗？”

“安娜女士，”男人从座位上起身，“我猜，你应该也有一百七十岁了。你究竟怎么活到现在的？你到底来过这座航空站几次？”

“人怎么可能活这么久？现在看来，你不是职员，而是宇宙亡灵啊。”

听到安娜镇定自若的回答，男人泄气了。

他苦笑着问道：“您在开玩笑对吧？”

男人怀疑安娜在捉弄自己。莫非她一开始就察觉到自己来这里只是为了说出这番话吗？

安娜依然面带微笑：“只有当我醒来的时候，我才活着。”

男人环顾四周。向导机器人依然在工作，座椅与照明设备已经废弃很久，却十分干净，航空站又老又旧却依然留有人迹。

“为了能够等下去，我需要不厌其烦地睡很多觉。为了确认等待的结果，我偶尔也需要醒过来。”

男人这才闻到安娜身上隐约有一股有机物质的气味。本以为那是老人特有的体味，现在想来，可能是尖端技术，不，陈旧技术的副作用。

男人又镇定下来，说道：“我郑重地向您提出一个请求。现在，这条轨道上已经没有位置留给这座废弃的航空站了。我负责销毁和回收宇宙垃圾。早在五年前，这里就过了最终处理期限。本该尽早回收，可我听说每次打算处理这座航空站时，都因为您在里面而无从下手。”

“真搞不懂你们为什么要如此焦急地刁难一个老人。”

“刁难？以前曾派过三个职员来这里，据说连航空站都无法靠近。您会放我进来，可能也是因为心境发生了改变吧。不过，您究竟是怎么做到的……”

“我听不懂你在说什么。”安娜的表情十分平静。

男人咬了咬嘴唇，道：“我们公司会资助您的老年生活。因为这座航空站没有按期处理，联邦每年征收的罚金都在增加。您打算在那臭烘烘的冷冻睡眠机里再等一百年、两百年吗？反正去斯伦福尼亚的飞船也不会来。请接受我们的提议吧，拜托了。”

老人闭上了眼睛，根本不予理会。

“我恳切地拜托您。如果您一直不配合，我只能强行把您拖走了。”

安娜听了男人的话，从座位上起身。男人瑟缩了一下，向后退去。安娜从怀里掏出一把等离子枪。男人心中惊愕不已，面上却必须保持镇定。

“我知道您不会杀死我。”

“你怎么确定？”

安娜的嘴角泛起微笑。男人本以为她依然是一个精神正常的老人，难道不是吗？男人感觉到后背淌下冷汗。枪口对准了男人。

“我不确定。该死，求您把枪放下。您应该知道，我现在没有任何武器啊。”

安娜无趣地放下枪：“知道了。”

男人快要爆裂的心脏勉强镇定下来。一百年来，安娜一直占据着这座航空站。男人已经预料到她可能是个怪人，但没想到竟是一个如此偏激的老人。

“我没打算开枪，这玩意儿已经坏了。”安娜说着，把等离子枪扔到了地板上，“这我可修不了。”

男人担心枪会走火，表情十分紧张。

安娜看着他，笑了出来：“真是个胆小的年轻人。”

“因为我的人生还长。”男人气呼呼地答道。

安娜重新回到座位上。看她这副样子，似乎连站立也让她感到疲惫。

男人舒了一口气，问道：“所以，安娜女士，您在这里到底想干什么？”

“我说过了啊，我在等待。”安娜的视线转向窗外的宇宙，“也许有一天，我可以飞往斯伦福尼亚，我在等待一线希望。也许有一天，飞船会从这里起航；也许有一天，斯伦福尼亚附近的虫洞隧道会打开……任由时间流逝，对你来说可能得不偿失，对我这种老人来说却不是这样。”

“现在没有去往斯伦福尼亚的飞船，以后也不会有。这里已经废弃很久了。如果斯伦福尼亚附近有虫洞隧道，也早就被发现了。而且，安娜女士，就算现在发现了虫洞隧道，又有什么意义呢？您在反复冷冻、解冻中已经度过了一百多年，您的家人可能已经在那边耗尽寿命，离开了这个世界。我从来没有听说有人活过一百五十岁。拜托，跟我们走吧。”

男人语气尖刻。他瞥了一眼手腕上的手表。总公司吩咐他在两个小时以内把安娜带出来。在不妨碍轨道上的其他无数卫星的情况下，抓准时机摧毁这座航空站并回收垃圾不是一件容易的事情。时间不多了，男人现在哪怕动用武力也要让安娜放弃。

“当然，我爱的人可能已经死了。”安娜的语调像是在回想今天早晨的菜单，“尽管如此，我还是想去看看曾经差点成为我的故乡的那颗行星。如果运气够好，我还可以埋葬在丈夫身旁。”

“埋葬在同一个地方有什么特殊意义吗？我难以理解您的执着。”

“看来最近的年轻人不再执着于这种东西了。这就是所谓的代沟吧。我比你大了一百多岁呢。”

真是不可理喻，男人在心里嘟囔着。

他问：“您研究过说服顽固老奶奶的办法吗？”

“据我所知，没有那种办法。”

“好，那我就请总公司协助了。就算是强制性的，您也别生气。”

对男人来说，现在与安娜对话已经没有意义。

不过，安娜对背过身去的男人开口了：“我刚才说过深度冷冻是一项完美的冷冻睡眠技术吗？”

男人叹了一口气，重新转向老人：“是的，您是这样说的。”

“其实并不完美。我睡下又醒来，重复一百多次之后才明白过来。”

此刻，安娜看着窗外。其他轨道的宇宙航空站一闪而过。那里还对接着一艘即将起航的飞船。

“你明白每次从冷冻中醒来时，脑细胞簌簌死去的那种感觉吗？我现在深有体会。”

“……”

“冷冻并不是没有代价的不朽或永生。为了确认自己还活着，我必须在某一刻睁开眼睛，而每次醒来，我都感觉自己在为未曾活过的寿命买单。”

“那您为什么要那么做呢？您现在本可以安心养老。”

“就像你想的那样，因为我是个老疯子。”安娜调皮地笑了。

男人有些慌张，不知道应该做何反应。

“我无法判断现在的状况。我是否依然在冷冻中？这一切或许只是我在低温状态下做的一场梦？我爱的人是否真的已经永远离我而去了？他们离开了一百多年，为什么我还能反复冷冻与苏醒？为什么我每次都不会死，而是重新醒来？时间过去了多久，世界发生了多少改变？我能否重新与他们相见？在我沉睡时，为什么没有人来找我？为什么我依然不能离开……”

安娜笑了。

“想一想，看似完美的深度冷冻其实并不完美。在亲自体验之前，连我也不知道这一点。我们甚至依然无法达到光速。不过，世人的所作所为却好像我们已经征服了整个宇宙。宇宙允许我们进入的空间，充其量就是可以通过虫洞隧道到达的很小一部分。虫洞隧道出现后，曲速引擎立刻被废弃了。如果虫洞消失呢？我们会不会把更多的人类留在宇宙之外呢？”

“安娜女士！”

“以前，‘分别’不是这个意思。那时，分别的人们至少在同一片天空下，在同一颗行星上，呼吸同样的空气。可是，现在人们分别后，甚至不在同一个星系之中。几十年来，知道我遭遇的人总是安慰我：‘尽管如此，你们依然身在同一个宇宙中。’但是，如果我们无法以光速前行，‘身在同一个宇宙’到底有什么意义呢？无论我们怎么开发宇宙，拓展人类生存空间的外延，只要每次都有一些人以那种方式被留下……”

“您这样拖延时间也没有用。”

“那我们只是逐渐增加了宇宙中的孤独而已。”

男人闭上了嘴。一阵短暂的沉默。

安娜说:“让我走吧。”

“‘走’的意思是,和我们一起去地球吗?”

“我要乘坐我的私人飞船,去往斯伦福尼亚。”

“您在开玩笑吧?这太荒谬了。”男人斩钉截铁地说道,“您该不会是要乘坐外面那玩意儿吧?那完全就是一种自杀行为。就凭那艘小飞船,能去哪里呢?那只是往返地球与卫星的太空梭,根本不可能到达斯伦福尼亚,而且联邦法严令禁止未经许可的航行与勘测行为。就算只是协助出航,也会受到处罚。您别这样,还是……和我们一起回地球吧。”

“我十分清楚我该去向哪里。”安娜很坚定,而且看起来很疲惫,“可以允许我的最后一次航行吗?”

男人陷入了短暂的思想斗争。总公司命令男人带安娜回地球,可是男人听了安娜漫长的讲述之后,的确对她生出了怜悯之心。

然而,安娜绝对不可能到达斯伦福尼亚。她的私人飞船只是一艘甚至无法制造曲速泡的老式太空梭而已。斯伦福尼亚行星系，就算以光速前往，也需要几万年的时间。

最重要的是，男人没有许可权限。最近，联邦正在严格测控宇宙垃圾的产生。轨道上的宇宙废品已经达到饱和状态，不专业的驾驶员的瞬间错判就有可能引发碰撞事故。男人如果协助安娜的无许可航行，就会造成众多废品飞散，损耗好端端的人造卫星。按照安娜所说，她是深度冷冻专家，而不是专业的飞船驾驶员。

“抱歉。”男人回避了安娜的视线，“我来这里也是服从上级指示。”

男人的道歉真心实意。他因为安娜的讲述心软，却也无可奈何。

男人本以为安娜还会继续反抗，不料她却顺从地点了点头：“知道了。那就没有办法啦，我回地球吧。”

可能是因为男人的态度略有缓和，老人改变了心意。男人感到抱歉，不再多说什么，转过身去。

安娜泰然自若地打量着四周：“这座航空站就要消失了，真是可惜。一个时代已经逝去了。”

总公司吩咐男人带走这座航空站的黑匣子。黑匣子应该在航空站的发动机室里。男人看了看窗外对接着的太空梭，他正是乘坐那艘太空梭来的。旁边是安娜又旧又小的太空梭。太空梭配有自动航行装置，安娜最好跟他同乘总公司提供的那艘返航。

“请先稍等一会儿，我们很快就起航。”

男人穿过过道，去了发动机室。说不定老人也需要一点时间，向这座日久生情的航空站道别。男人到达发动机室后，不禁再次感叹航空站长期以来的妥善管理。就算有自动维护功能，如果没有工程师出手，很难维持到这种程度。看来老人除了自身研究领域，还具备多方面的才能。

男人输入安全码，屏幕上显示出了黑匣子的位置。黑匣子位于驾驶室。只要分析一下其中的内容，就可以掌握这段时间里航空站发生了什么事，不一定非要审讯那位可怜的老人。

男人在驾驶室里也有事情要做。他需要将安娜的那艘太空梭转换为自动航行模式，让它返回地球，然后指示他们即将共乘的另一艘太空梭准备解除对接。男人走向发动机室旁的房间。穿过一道门，就是狭窄的驾驶室，那里可以看到窗外的宇宙。

这时，哐啷一声，航空站震动起来，摇晃着地板。男人飞快地顺着震动的方向转过头去。只见透明的窗外，安娜的太空梭正准备出发。

“该死。”

安娜正在尝试解除对接。对她放松警惕是一个错误吗？她看起来不像是准备驶向地球。男人按下驾驶室内的按钮，试图阻止太空梭与航空站分离。不知道怎么搞的，一阵可怕的噪声依然传了过来。

片刻之后，男人感觉到了一阵几乎掀翻整座航空站的巨大震动。

“安娜女士！”男人明知她听不到，依然大声喊道。

老人的太空梭已经脱离航空站，转向了遥远的宇宙。

男人慌忙确认了黑匣子的位置。此刻，黑匣子应该已经记录下了这一切。稍有差池，男人就可能会有协助未经许可的航行的嫌疑。没有办法了。男人摸索着找到了驾驶室里的简易武器。只要按下按钮，航空站装载的等离子防御武器就会开始扫射。

这时，正在操纵太空梭的安娜转头看向了这边。男人与安娜四目相对。

男人按下按钮，等离子武器开始扫射。瞄准目标偏离了飞船，武器击中附近的废品表面，小碎片随之掉落，等离子在空中逸散。男人的视线紧紧追随着安娜。安娜看着男人瞄准自己，又看着废品与等离子相撞爆炸。

安娜冲着男人笑了。

男人看到安娜破旧的太空梭在巨大的卫星之间躲避着碎片。太空梭很小，只要不小心碰撞一次，就会粉身碎骨。在那艘古老的太空梭里，除了一个陈旧的加速装置和小燃料箱，再没有其他设备。不论怎么加速，也无法达到光速。不论飞行多久，也无法到达安娜想去的地方。

然而，安娜的背影看起来对自己的目的地十分确信。

安娜很快进入了没有碎片的空间。现在，没有什么能够妨碍她了。安娜的太空梭逐渐加速，距离地球越来越远。男人的手放开了驾驶室的按钮。

男人突然想起安娜说过的话："我十分清楚我该去向哪里。"

远处的恒星如静止一般，一艘又小又旧的太空梭横穿过那里。

在未来的某一天，安娜可能真的会到达斯伦福尼亚。

或许，在很久很久之后。

男人看着安娜离去的背影。这是她的最后一次航行。

情绪实体

감정의 물성

有时候，一些人需要的并不是有意义的眼泪，
而是眼泪本身。

我第一次看到那个奇怪的样品是在办公室，当时已经快到下班时间。预定为特辑报道写一篇影评的评论家两次推迟交稿期限，最终还是发来短信告知无法交稿。而在另一个版面，摄影师又因为版权问题突然来找碴儿，令人头疼。新入职的编辑找不到能够代替那篇影评的稿件，最终打算亲自撰写，然而他每隔十分钟就长叹一口气，又抱着笔记本来到我的桌前求助。我能帮的也仅限于刚开始的一两次，我还在删减自己负责的稿件的字数，没空顾及他。

所以，当有人把伊墨索利[①]公司的新产品放到办公室桌上开始咔嚓咔嚓拍照时，我并没有多留意。然而，后辈们居然开始围在产品前你一言我一语好奇地讨论起来，声音大到了令人难以忽视的程度。

---

① 原文为 Emotional Solid。

“这款产品最近在网上很有人气。还没有正式上市，就已经有人开始高价转卖了……”

“那岂不是病毒营销？”

“起初我也这样想，不过大众反应太热烈了，一些出了名的给钱都不会带货的博主也分享了这款产品。我认识的一个记者已经做了电话采访，据说明天就会发稿。我们也要赶快采访，可别晚了。”

我从座位上起身，想告诉他们别那么吵。可是，眼前那个引发狂热关注的产品的外形有点奇怪。若要形容它，只能描述为一块草绿色的方形鹅卵石孤零零地摆在桌上。

“郑河前辈，结束了吗？”

“还没有。那是什么？石头？”

“哦，这是‘情绪实体’，很有趣呢。”

一位后辈迫不及待地把平板电脑推到我眼前。上面是一篇简短的介绍文章，刊载于本期杂志末尾的“值得关注的单品”一栏。这个版块一般会介绍社交平台上受欢迎的生活用品或者装饰小物件，不过这次的产品如果只看文字说明，绝对猜不到是什么。

根据文章的介绍，伊墨索利本来是一家制造文具的普通公司。这个品牌的设计十分有品位，很适合拍摄精美的照片，因此备受追捧，甚至作为国产文具，罕见地在地铁上张贴了大幅日记本、钢笔广告。某一天，此公司突然悄无声息地退出了市场。一年以后，公司再次回归，推出的产品就是这款“情绪实体”系列。

“情绪实体？”

“所以，按照他们的解释就是，把情绪做成有形的产品。产品种类多得很，基础款以‘恐惧体’‘忧郁体’这样的形式命名，派生产品有香皂、香氛蜡烛，还有手腕贴。宥真拿过来的这款是‘镇静香皂’，可以像真的香皂那样使用，只用手触摸也有效果。据说使用十分钟左右，内心就会变得平静……”

“这是什么胡话？”

我皱起眉头，莫名感觉这套说辞很像是在售卖伪科学产品——利用脑电波强化专注力、健康手环、只要吃一粒就能平复内心的药丸什么的。不过，这些东西不是荒唐的骗局，就是根本无法作为处方药在药店售卖的无证产品。

“但这个真的有效。大家都这么说。宥真现在拿着的那个是‘心动巧克力’，她吃了一块，已经陷入那种状态三十分钟了，说什么正在等男朋友的电话。”

“巧克力本来就会令人心动，并不是因为那是‘心动巧克力’才会那样。”

“不只是那种程度。”后辈叹了一口气。

我也想叹一口气。我怀疑这可能又是一场针对文艺青年的大骗局。不过，反正这只是无数流行产品之一，只要过几个月大家就会失去兴趣，没必要正义感爆棚，自找麻烦。

后辈们都说伊墨索利的产品真有其效，和我同年入职的尹智友却提出了不同意见。

“那个什么‘趣味店’之类的地方，会卖一些奇特的产品。如果稍加注意就会发现，那些产品并不具备实际功能，但能激发童心未泯的消费者的收集欲望。主要是因为这个很有人气吧。”

我的恋人姜宝炫也喜欢收集一些小物件。宝炫说，每个小物件都有独特的意义，所以非常重要。她说，只要看着装饰柜，就会想起在旅行中偶遇的陌生胡同、小商品店铺的展柜和挑选商品的瞬间心动。记得那些有什么用呢？不过，“情绪实体”可能也是采取了面向那些想为小物件赋予某种意义的消费者的商业策略吧。

我很快忘记了伊墨索利的事情。因为杂志面临改版而与主编争吵不断，还有和宝炫的矛盾等，这些都令人精神紧绷。别人是否触摸着漂亮的石头获得平静与幸福，对我而言并没有那么重要。

宝炫已经一个星期没有联系过我了。宝炫和我住在同一个小区，结束一天的工作之后，我们一般会去彼此的家里，或者去公园散步，一起度过短暂的时光。我们每天都可以见面，所以不经常用手机联系，不过早晚的日常问候已经保持了近十年。可是，没见到宝炫的日子已经持续了两周，上周她甚至一整周没有回复我的电话和短信。

我感觉宝炫的持续沉默像是一种示威：你依然不知道自己错在哪里吗？

这种状态持续了两周左右，我感到十分烦躁，觉得干脆抓着衣领大吵一架更好。我下定决心，今天一定要和宝炫谈谈。我给她发了短信："我下班了，一会儿去你家门口等你，出来一下。"刚握住方向盘，她已经回复说："进来也无妨。"

我在附近的咖啡馆买了一块宝炫喜欢的蛋糕，然后去了她家。直到进门之前，我都没有料到会是那样的状况。推开门的瞬间，我闻到了一股奇妙的香气。

"什么香水这么……"

我的话还没有说完，就看到宝炫在哭。她脚边放了一个似乎刚开封的快递箱，手里攥着一个小石块。那个小石块颜色微蓝。宝炫哭了一会儿，红着眼睛看看我，再次把视线转向手里的石块。与此同时，一股刺激肺部的浓郁香气钻入了鼻腔。

"这些是什么东西？"

"忧郁体。"

我的视线转向她已经拆开的箱子。我以前见过这种箱子，是情绪实体的“忧郁”系列包装盒。

房间里香气满溢，让我有点头晕。宝炫令人窒息的情绪似乎感染了我。宝炫没有说话，却不像平时那样躲避我。说不定她在这一刻期待着我能说几句安慰的话。我应该说些什么呢？像往常一样安慰她，有什么意义吗？我走过去，抱住了她的肩膀。

从去年年底开始，宝炫一直在和父母闹矛盾，整个人疲惫不堪。我和宝炫恋爱近十年，已经习惯了彼此陪伴的生活。不过，因为宝炫的坚持，我们并没有结婚。宝炫家的家风保守，对此非常不满。宝炫的叔叔病倒之后，家人直接施压让她回家照顾病人。宝炫的家人对我不满意，也在情理之中。我常会接到一些陌生号码打来的电话，或者收到一些指责我没有责任心的短信。宝炫建议我把她家的号码全部拉黑。在左右为难之下，我选择了挂掉那些打来的电话。

我想帮助宝炫，却无法解决这个问题。关键是，我和宝炫已经感到精神疲惫。宝炫不希望我插手，自己又找不到合适的解决办法，只是一味诉苦，我已经对此感到厌倦。几周前，我问她：“就按照家人的意愿，办个婚礼不行吗？”反正我们住得近，彼此的生活已经有很多交叉，趁此机会搬到一个更宽敞的地方合住更好。我明白宝炫想要维持独立的生活，却也觉得可以通过沟通来达成一致意见。“如果稍微妥协一下就能消除痛苦，那难道不是更好的解决办法吗？”我小心翼翼地提出这个想法，宝炫却生气了。

宝炫说：“郑河，我们的关系不是婚姻的预演。”

我想知道她生气的原因，却始终理解不了。似乎从那时起，这场冷战就开始了。

我很伤心。这都是些什么该死的玩意儿啊？

应该打开窗，好好透透气了。宝炫哭累了，久违地在我身边睡着了。到了早晨，当我睁开眼睛时，宝炫却不见了踪影。我把堆在抽屉柜上的“忧郁体”全部扔进垃圾桶，给宝炫发短信说：“你最好去医院找专家咨询一下。”

上班时间，我努力忘记与宝炫有关的事情，专心工作。奇怪的是，那一周本该交接给我的工作却迟迟不来。我呆呆地盯着电脑显示器，开始走神。如此一来，也就零星听到了工位附近我原本并不好奇的谈话内容。

比如，关于伊墨索利的消息。

“情绪实体”正式上市短短一个月，已经成了一种社会现象。各种杂志反应很快，已经刊载了分析“情绪实体”的报道和对那家公司老板的采访，不过大多数是文字或者电话采访，老板的长相与个人信息并未公开。

“为什么会有人想要购买‘忧郁’‘愤怒’或者‘恐惧’之类的东西呢？”

“我也不清楚。”手背上贴着“专注贴”的金宥真耸了耸肩。

我不相信伊墨索利的产品有效。我认为这就像是具有心理治疗效果的精油或者香氛蜡烛一样，完全取决于用户的心情。我最困惑的是，为什么有人一定要买那种产品呢？如果只售卖“幸福”“镇静”等情绪，还可以理解为大众希望获得安慰，可是消极情绪也很畅销，真是奇怪。

到底是哪些人想要花钱购买忧郁呢？因为太富有，导致幸福过度吗？我带着这种阴暗的想法，关注着“情绪实体”的流行。我目睹过宝炫使用“忧郁体”，所以每次听到相关消息都会留意。不过，我并没有认真研究产品功效的打算。因为那只不过是一种商业策略。每次有人在编辑会议上提起那个产品，我都会坚决反对。几次提出想要点评“情绪实体”的后辈们很快更换了主题。

伊墨索利先在社交平台上流行了起来，紧接着铺天盖地的报道又席卷了网络社区和报纸的文化版面。视频博主们拍摄并上传了“情绪实体”的产品测评，公共电视台紧随其后，使用各种“情绪实体”进行恶搞的综艺节目剪辑也广泛传播。

同时，跟我一样对这种现象持怀疑态度的人也不在少数。网上不时出现控诉产品副作用的文章，以及“防止忧郁过度”的报道。虽然没有竞争对手，但是伊墨索利产品刷屏的现象引发了不满，有人投诉“情绪实体”是虚假广告，据说食品医药品安全厅正在展开调查。后来伊墨索利公司很快公开了通过安全检测的资料，但铺天盖地的怀疑已经无法忽视。

“前辈，你看看这个。”

看到那篇报道时，我首先想到的是“该来的终于来了”。报道的题目非常刺激——《狗血事件：胡同发生少年群体斗殴，罪魁祸首竟是“憎恶体”……》。

这是关于近期发生的少年群体斗殴事件的报道。报道聚焦于施暴少年们持有伊墨索利产品的事实。报道的问题颇多，很难令人信服。“情绪实体”是否有效暂且不提，青少年对流行那么敏感，人人都买过这种产品吧？要说是“憎恶体”诱发了青少年犯罪，我无法同意这个结论。

“他们恐怕不是因为‘憎恶体’才犯罪，而是犯罪之后以此作为挡箭牌吧？”

他们就像是那种犯罪之后狡辩“醉酒导致神志不清”的家伙一样。不过，不同于我这种不屑一顾的反应，后辈们的表情非常严肃。也对，对于坚信“情绪实体”有效的人来说，再也没有比这更加令人震惊的报道了。办公室偶尔也会散发出奇特的香水气味，不久后我了解到那是“镇静香水”的味道。我有时会想，不相信产品效果的是不是只有我一个人呢？

第二天，我恰巧在休息室看到宥真把“情绪实体”丢进了垃圾桶。注意到我的视线，她面露尴尬。

“不久前，我也买了‘憎恶体’。有点恐怖，还是扔了吧。”

“为什么会买‘憎恶体’呢？”

“嗯……觉得颜色很特别就买了一个，其实一次也没用过。”

这个回答让人有些摸不着头脑。她购买这款产品是为了自用呢，还是真的用作装饰呢？又或者只是为了赶潮流？考虑到她或许会对这一点难以启齿，我也不便继续追问，只是耸耸肩，问了另一个问题：“其他产品你要保留？”

“是的。我最常用的是‘舒适体’，效果非常好，也不危险。”

“我很好奇，你为什么觉得有效呢？大家是不是太单纯了？”

我本想以开玩笑的轻松语气提问，话说出口的瞬间却变成了尖锐的语调，连我自己也吓了一跳。不过宥真十分沉着，不知道是因为之前被问过这种事情，还是因为已经考虑过这个问题。

“没有理由觉得没效果吧？比如，抗抑郁药也已经证明有效，会对人的心情和精神产生影响。还有研究结果显示，巧克力或者红酒会实际影响人的情绪。当然，伊墨索利公司并没有公布产品的确切作用原理……”

“抗抑郁药会令人感觉变好，可是‘情绪实体’的消极情绪也卖得很好啊。”

“消极情绪系列的实际使用量比销售量要少。大家即使不使用，也想要拥有它。随时都能握在手里的、可以控制的情绪……这是我在隔壁杂志社写的评论文章中读到的内容。”

“唉，真是难以理解。拿着那块石头，不代表真的拥有了那种情绪啊。”

宥真挠挠头，短暂地陷入思考，然后瞟了一眼扔到垃圾桶里的产品。见我依然眉头紧皱，她一脸认真地开口说道:“虽然您无法理解，但是我的想法就是这样。情绪实体化，比想象中更吸引人。为什么这么说呢？你想啊，有人看完演唱会也会一直保存着票根吧。照片也一定要印出来、挂起来，手机照片拍得再好，依然有人在用拍立得。电子书市场蓬勃发展，但还是纸质书销量更高；大家虽然都用流媒体听歌，但也有人坚持购买 CD 和黑胶唱片。有的店铺还会定制销售印有顾客心仪的艺人形象的香水。虽说有人购买之后，一次也舍不得喷。”

可能我的表情看起来太傻，宥真扑哧一声笑了出来，又补充了一句:“重要的是实体的存在。即使转移视线，它也不会消失，会一直待在原处。可以感受到其实际存在的物质性，意外成了一种别具魅力的卖点。”

回到办公室，宥真把她之前读过的“情绪实体”报道特辑拿给我。这篇深度报道占据了足有十几页的版面，从每一种情绪系列产品的香气、质感、推荐使用时间、味道、外形，甚至价格差异等方面，综合考察了各种因素如何唤起使用者的特定情绪的过程。我慢慢地读着报道，感觉这简直就是某种盛大的表演或者艺术。尽管我依然认为这种产品并无任何实际效果，只是使用者依赖"安慰剂效应"罢了。

报道中还引用了各种短评，包括社会学者的评论、消费者的使用感想、艺人们的反应等。有人认为"情绪实体"是天才化学家开的一个玩笑，有人则认为这是一项社会实验。那家杂志用伊墨索利的产品进行了双盲实验，并同时刊载了产品"真正有效"和"完全无效"两种结果。在分析设备中，情绪产品每次总是出现不同的结果。

"我赌这个产品没什么效果，你呢？"

"走着瞧。"

我和宥真每人以十万韩元打赌"情绪实体"是否有效。

又过了一段时间，原本每次上了电视之后都会登上热搜的伊墨索利的关注度开始下降。而我和宝炫之间令人伤脑筋的日子则越增越多。宝炫总是用她的痛苦折磨我，过后又会很快向我道歉，这种情况反反复复，我因此变得更加平静和冷漠。其实我曾经想过，如果遇到宝炫这种情况，我不会像宝炫那样难受。我会选择结婚，或者为了坚持自己的信念而与家人彻底断绝关系。可能是因为无法完全掩饰心里的想法，我在回应她的倾诉时，逐渐开始话中带刺。

如果药物或者伊墨索利的“幸福贴”对宝炫有效，那反而更好呢。可惜她没有尝试那些方法。我很担心宝炫，却也十分焦躁，又对自己不能提供什么帮助而感到愧疚。我去了宝炫的房间，发现她依然在购入“忧郁体”，这叫我简直要为伊墨索利的这套商业策略而愤怒了。人们该不会真的以为，可以通过这种小石块获得安慰，控制情绪吧？他们因此才对现实中真正的解决办法漠不关心？就算我对此感到愤怒，也无济于事。宝炫依然痛苦，我依然无能为力。

在之后一个月的编辑早会上，我们一起读了网络头条报道。其大字标题令人震惊——《伊墨索利产品检测出毒品成分，食品医药品安全厅下令全面停售并召回产品》。

“情绪实体”产品的真相实在出乎意料。其原理是在普通生活用品中添加少量的功效成分，本质上是一种类似于精神类药物的新型化合物。在第二次安全检测实验中，提取的化合物轻松突破小白鼠的血脑屏障，直接影响了中枢神经系统。

“居然真的是毒品。”

宥真喃喃自语，似乎觉得这种情况很荒唐。她在打赌中取胜，从我这里赢走了十万韩元，看起来却不怎么开心。

不知道是否该感到庆幸，“情绪实体”的成瘾性和依赖性尚不构成危险。虽然有人控诉它的副作用，却基本是出于其他原因。“情绪实体”含有的化合物其实对人体并无太大伤害，这种观点很快成为多数意见。此外，那种化合物不是浓缩或者提纯药物，经过大量稀释之后只有微量，效果微乎其微，因此每个人的反应可能都有所不同。直到现在，我依然认为那种产品效果很大程度上是“安慰剂效应”或者集体幻觉。

本应作为毒品类管理的药物居然明目张胆地变身为生活用品进行销售，这是极其严重的问题。既然在实验中确实检测出了会对人体产生影响的药物，便不能继续售卖。“情绪实体”产品大多含有对中枢神经系统有影响的物质，因此被新认定为“临时毒品类”[①]。每个售卖点都张贴了全面禁止持有或者售卖“情绪实体”产品的公告。

然而，依然有人在偷偷购买和使用“情绪实体”。伊墨索利的网络快闪店直接迁移到了海外服务器。食品医药品安全厅的通知公布后引发的公众强烈反应，也在一个月之后降温。二手交易网站上不断出现加价售卖“情绪实体”的帖子，却又很快被删

① 虽然不属于毒品，却有可能因误用、滥用而造成危害，有必要紧急按照毒品类规定进行管理的物质种类。——译者注

除。只是“毒品类”这个词语起初令人感到抗拒而已，真正使用过“情绪实体”的消费者认为产品并不危险。人们非但没有把“情绪实体”当作一种威胁，反而当作一种必需品接受了。

我至今也搞不明白，自己那天怎么会一眼认出坐在咖啡馆里的伊墨索利的老板。那天下午，我在电话里和宝炫吵了一架，然后开车去了距离公司较远的一家咖啡馆。我正站在收银台前挑选三明治时，看到了一个坐在窗边的男人。

他身穿蓝色外套，围着一条花纹奇异的围巾。桌子上放着一个箱子，商标名称用黑色签字笔涂掉了，但我依然认出那是“情绪实体”的包装箱。男人熟练地取出产品查看，在本子上记录了什么，然后又以完美的手法将产品重新包装好，放回箱子里。我忘了买三明治的事，几乎深信不疑地大步走到他面前。

“您好，请问……”

他猛地抬起头来，一脸戒备。我郑重地向他鞠躬问好，递上了印有自己杂志社编辑身份的名片。他表情微妙，不知道是安心还是不满。

过了一会儿，他开口问道：“你想问什么？”

他说，以前也有人认出他是伊墨索利的老板。不过，伊墨索利受到禁止销售的处分之后，他就很少外出了。像这样在咖啡馆当面搭讪的，我是第一个。在我坚持不懈的劝说下，他终于同意接受采访。

“以前都是电话采访，当面采访还是第一次。不过，这也是最后一次。大家根本不会听我怎么说，只会提出一些冷嘲热讽的问题。你大概也会这样吧。”

我不打算报警，只是有问题想问他而已。其实，我也不确定自己是否真的想写一篇关于他的报道。我像是吸入了“冲动体”，开始不断地对他提问。起初只是一些礼节性的提问——伊墨索利以前只是一家文具公司，是如何开始售卖那种东西的？是谁最先提出了“情绪实体”的创意？是公司自主研发的吗？产品真的有效吗？

他逐一做出解答。伊墨索利早期推出的文具不是他真正想做的产品，一切都只是为推出“情绪实体”系列产品打基础。他在很久之前就有了关于“情绪实体”的创意。为了实现这个创意，他拜访了很多化学家，后来又亲自学习合成化学，设计了以特定方式作用于中枢神经的新化合物，并最终研究出了其合成机制。

我从一开始就不相信“情绪实体”的真正效果，所以对他的话半信半疑。带着创意尝试研发化合物可能是事实，其他部分却不值得相信。从他在许多文字采访中表现出的态度来看，伊墨索利的老板对自己的创意和实现过程有点夸大其词。我对他的话没有什么反应，他似乎也看出了我的怀疑，逐渐面露倦容。我知道，现在是时候收起这些没水平的提问，问一些我真正想问的问题了。

“老板，我也曾努力理解伊墨索利产品热销的现象。从某一点来看，这种行为有点像为了转换心情而喝酒或者吃甜品。我可以理解人们希望用金钱购买幸福的心理，尽管那并不是真正的幸福。不过，我有一个问题无论如何都想不通……”

他歪头看着我。我很好奇，他是否知道答案。

“人们到底为什么要购买‘忧郁体’呢？为什么‘憎恶’‘愤怒’之类的情绪也能卖出去呢？真的有人愿意花钱购买那些东西吗？您当初是如何预料到人们想要购买这种消极情绪的呢？”

这时，他木然的表情才有了一丝改变。他没有立刻回答我的问题，只是沉默了一阵后，扬起嘴角微微一笑，像是对我感到绝望，又像是在嘲笑我。

他说：“认为消费只是一种为开心付费的行为，这种想法很奇怪。有时候，我们还会为享有某种情绪而买单。例如，一部电影总是令你感到快乐吗？恐惧、孤独、悲伤、难过……我们也乐意为此付费。所以，这就是我们的日常嘛。”

我一时无话可说。乍一想，他的话似乎没错。不过，再想一下，又觉得二者有所差异。我们通过消费所获得的，只是情绪本身吗？人类难道不是一种追求意义的存在吗？不谈意义，只消费情绪，这种做法难道不会让人堕落为单纯被物质所束缚的动物吗？当初人类追求意义这一行为，难道不是为了最终到达更高层次的幸福吗？

我想到了各种各样的问题，却没能开口问出任何一个。他见我不说话，便饶有兴致地看着我。我不喜欢他那副表情，想要驳倒他。

这时，我突然想起了不久前皱着眉头看完的一部催泪电影。确切地说，我是想起了邻座那位好像遭遇世界灭亡一般痛哭流涕的中年女性。电影放映结束，开始播放片尾字幕时，我正在写电影摘要，她在我旁边抽泣了很久才从座位上起身。就在我思考着她为什么为这种矫揉造作的催泪电影如此感动的时候，她从包里掏出电影海报，使劲揉皱后扔到地上，头也不回地走了。我感到很困惑。电影内容对这位女士重要吗？那一刻的场景奇怪地留在了我的记忆中。

意义源于具体的语境。不过有时候，一些人需要的并不是有意义的眼泪，而是眼泪本身。

我心情复杂，问题还没问完，就任由他离去了。

几个月之后，迁移到海外服务器的伊墨索利公司的官网也彻底关闭了。听说日本正在售卖类似的产品，至于是生产自同一家公司，还是山寨产品，则不得而知。

听到这个消息的那天，我在宝炫的抽屉柜上发现了几十个“情绪实体”产品。全部是“忧郁体”。旁边是医院的抗抑郁处方药。我现在根本搞不清她是想死在抑郁之中，还是想活下来。

“真搞不懂你。”

宝炫进退两难，被这件事困住了。曾经爱过的那些人正在给她施压。然而，她想要以这种方式解决问题，更加令人无法理解。

“忧郁体”怎么能解决她的悲伤呢？

“你当然不会明白，郑河。因为你不曾体会过这种感受。只是，我希望触摸自己的忧郁，把它放在手上。我希望它可以品尝，可以真正触摸到。”

桌子上的手机响了。

宝炫继续说道：“有些问题是无法回避的。比起固体，它们更像是一种气体。每当我呼入无形的空气时，肺部都会受到挤压。我是受情绪支配的存在，还是支配情绪的存在呢？我感觉自己似乎存在于虚空中，又似乎并非如此。没错，就像你说的那样，那些东西只是‘安慰剂效应’，只是集体幻觉，我都知道。”

宝炫用手握了一下“忧郁体”，把它放到了桌子上。“忧郁体”是一种形体饱满的蓝色小圆块，散发着奇妙的香气，拥有柔软的质感。

“不过，痛苦的粒子会侵入我的肺里。如果这种幻觉结束，”一个“忧郁体”从桌面滚落到地板上，“结果会更好吗？”

我回避了宝炫的视线，不知道她在那一瞬间是什么表情。手机的持续振动像是一阵短暂的悲鸣。片刻之后，她转身出去了。门咔嗒一声关上。手机的振动停下。我抬起头。

现在，我感觉到了弥漫在空气中的沉默。

我应该说点什么来安慰宝炫呢？在那一瞬间，我才明白，任何语言也无法安慰宝炫。我感到冰冷，仿佛心里失去了什么重要的东西。我知道那是一种真实存在的感觉，而非思想或者观念。

这时，我才隐约理解了她。

片刻之后散去的香水味。沉重的空气。门那边传来的抽泣声。陈旧壁纸上的污渍。桌子上扭曲的木纹。玄关门的冰冷质感。在地板上滚动后停下来的蓝色石块。还有，再一次的寂静。

实际存在是如何吸引人的呢？

我静静地看着紧闭的房门，垂下了视线。

馆内遗失

관내분실

妈妈有索引。
在一个意想不到的地方。

"好像是馆内遗失。"

听了管理员的话，智敏皱了皱眉。遗失？

"什么意思？"

"也就是说……'思维'[1]在图书馆内遗失了。没有搜索结果，也没有被迁出图书馆的纪录。"

"不可能。这个东西明明就是这里的。"

智敏把手里的卡翻到另一面，又确认了一遍。确实是这家图书馆的卡，上面清晰地刻着复杂的专有代码和图书馆的名称。智敏觉得管理员的说法很荒唐，问道："会不会是临时故障呢？"

"抱歉，应该不是故障。我也是第一次遇到这种情况……"

"这算什么事啊……"智敏看了看管理员的表情，停止了抗议。

---

① 原文为 Mind。

管理员满脸为难地看着画面。半透明的画面也投射给了站在对面的智敏，只见上面浮现着难以解读的杂乱文字。不过，智敏可以看懂画面中央的信息。

金银河：2E62XNSHW3NGU8XTJ

没有索引内容。

一阵短暂的沉默之后，管理员再次开口说道："银河女士肯定还在这里，只是找不到了。"

* * *

妈妈失踪了。

死后才失踪的人并不常见。而在妈妈生前，智敏也未曾想过妈妈会失踪。妈妈太容易找到了。她去世前那几年去过的地方，智敏单手就能数得清。可是现在，妈妈去哪里了呢？她是什么时候消失的呢？时间、地点，如今一无所知。智敏来找妈妈的这一天，已经是妈妈收录进这家图书馆三年之后。

这是智敏第一次来到这家图书馆。圆形的屋顶，低矮的地势，建筑四周环绕着装饰性的庭院和莲池，这里看起来不像是尖端技术中心，更像是一个历史悠久的旅游景点。出入的访客当中，没有人手里真正拿着书本，这里却被称为“图书馆”。

曾经的图书馆，有的变成了博物馆；有的由于缺乏价值，大多已经电子化。如今的“图书馆”，是一种不同的概念。这里收藏的既不是图书和论文，也不是与之类似的资料。图书馆里不再是成排成行的书架，而是层层堆叠的“‘思维’连接器”。

人们来到图书馆，是为了悼念。悼念场所不断发生变化，给人的感觉距离“死亡”二字越来越远。从城市远郊占地面积巨大的墓园，到用陈列柜摆放骨灰盒的奉安堂，再到如今的图书馆。进出图书馆的这些访客当中，无人捧来鲜花供奉。相对地，图书馆会出售可以传达给“思维”的数据。这些数据片段有鲜花、食物，或故人生前喜欢的物品的仿真等。

死后“思维”上传的普及，已是几十年前的事。起初，人们认为灵魂可以上传为数据，并且期待着就算肉体已经死亡，精神也会永存。然而，社会上很快涌现出大量相反意见，认为被上传的数据不具备原有的自我与意识。人类进行了无数次实验，验证“思维”是否存在自我。长久的争论之后，学界的意见达成一致：“思维”只是煞有介事地再现逝者生前的情境罢了。看似对外部刺激有所反应，其实只是根据过往的记忆，假想逝者的反应并予以展示而已。

尽管如此，依然有很多人把“思维”看作活人。

“虽然爸爸不在了，但是只要去图书馆，就可以随时见到爸爸。”纪录片中的孩子笑容满面地说道。一段广告短片中，还展示了一个女人与离世的丈夫通过“思维”连接器再会的感人场景。

不论学界如何定义“思维”，“思维”图书馆已经改变了人们对于生死的看法。人们依然会害怕死亡，遗属的丧失感却有所改变。“如果那个人现在还活着，会对我说什么呢？”“如果那个人还在世，听说了这件事一定会很开心……”逝者离去所留下的这些问题，可以在图书馆里找到答案。

妈妈死于三年前，并被收录于这家图书馆。智敏得知妈妈的死亡消息之后，收到了图书馆邮寄来的几十页“思维”用户说明。不过，智敏从未来过这家图书馆。她完全没有想过要看望死去的妈妈，也没有考虑过见到妈妈应该说些什么话。如果知道妈妈会这样凭空消失，她一定会尽早来到这里。

“图书馆内遗失”“‘思维’遗失”“索引遗失”……智敏在回家路上输入了各种关键词进行搜索，却怎么也找不到类似的事例。她询问管理员是不是数据已被删除，对方却表示否认，说“思维”一定储存在图书馆某处，只是搜索不到了。可是，妈妈的名字或者其他身份信息，只要有一项记录正确，也绝对不会发生这种事吧？

管理员表示，当前没有办法得出结论，明天会再联系智敏。智敏希望今天的事情是图书馆搞错了。

俊浩听过事情的原委，同样神情阴郁。

“总会有办法的，先慢慢了解情况吧。”他担心地看向智敏，“最近是关键时期，可不能因为这件事产生心理压力。”

智敏点点头，经过要去准备晚饭的俊浩身后，走进了浴室。

智敏大致清洗了一下身体，走进房间，玻璃窗上浮现着一条医院发来的通知，再次强调了怀孕初期的注意事项。

怀孕的第八周是危险期，自然流产大多发生于这段时期，所以要多加小心。智敏已经听腻了这种话。据说这段时期几乎没有什么可以服用的药物，而且受到惊吓或者产生心理压力等琐事也可能会引发流产或者胎儿发育问题。此时胚胎别说成形了，连神经系统都未发育完成，但它的强烈存在感却比活人更甚。

怀上孩子并不在智敏计划之内。确切来说，智敏有过这种想法，却没有如此迫不及待。看到比自己结婚早的朋友们发来的婴儿照片，智敏除了觉得可爱之外，并没有特别的感触。因为对一个生命负责，完全是另外一回事。智敏没有自信成为一个好妈妈，也没有自信为孩子做太大牺牲。

俊浩执意说服了智敏。与过去相比，怀孕和生育的痛苦已经大大减轻，如果没有什么意外，可以采用几乎没有任何痛苦的分娩方法。

“只要刚开始受点儿苦也就过去了，孩子很快就会长大嘛。”

不过，说不定这是一个草率的决定。丈夫胳膊上的避孕芯片取出之后，智敏立刻就后悔了。意外地快速怀孕之后，也是同样的感受。同事们得知智敏怀孕后，现在问候的对象已经不再是智敏，而是智敏肚子里的胎儿。每到这时，智敏都会切实地感觉到自己是一个孕妇。

有一天，智敏发现内裤上有血迹，惊慌失措地去了医院。医生劝她休息几天。三天之后，智敏开始出现严重的妊娠反应。她为此请了十天假。

假期的第一天，智敏去了医院。医生以传统的方式，用听诊器听了一下胎儿的心跳。胎儿的心跳速度是孕妇的两倍。是因为生存意志很强烈吗？医生微笑着说，心率正常，胎儿也很健康。不过，从走出诊疗室，到来到受理窗口，智敏的表情一直十分僵硬。

是不是出了什么差错呢？智敏的肚子里有一个胎儿，她还听到了心跳，却没有产生任何爱意，反而有一种难以言喻的情绪。最近，智敏上网阅读了不少其他孕妇写下的文字。那些文章全部大同小异：因为对怀孕期待已久，所以非常幸福，而且很爱肚子里的孩子。

智敏不是这样。她看着胎儿的照片，听着胎儿的心跳，本以为会产生一点激动或者期待，结果却并非如此。说不定，这是因为智敏从未得到过健全的爱，所以也没有做好付出的准备。智敏心中不断涌现着这些复杂的想法。

妈妈死了。智敏本以为这个事实再也不会对自己的人生产生任何影响。妈妈的缺失已被智敏推到记忆深处，有意无意地不去考虑，如今却如潮水般倾袭而来。只要意识到一次，就再也无法阻止那些胡思乱想。智敏还会想起其他孕妇自然而然地谈起自家母亲的事情："最近不知道是不是激素的影响，心情很不稳定，经常想起妈妈……"

那天，智敏想起妈妈的"思维"还留在图书馆里。不过，她也不知道现在才去见妈妈有什么意义。毕竟她与妈妈的关系不同寻常。智敏在家里东翻西找，找出了随意塞在某处的卡，在前往图书馆的途中，她依然没有考虑好见面之后要对妈妈说什么。反正又不是真正的妈妈，顺其自然吧！或许会发泄对她的埋怨，又或许会质问她为什么那样做。

总之，这些想法现在都没有意义了。因为智敏理清想问的话之前，就被告知妈妈遗失了。

智敏并不期待一场令人感动的再会，可能只想确认妈妈在那里而已。或许正因为如此，她陷入了一种更加空虚的情绪。

图书馆尚未联系智敏。她一番苦恼之后，拿起终端机，拨出了电话。

“是叫‘宋智敏’吗？”

“这是我的名字，我要找的人是‘金银河’。我昨天去过一趟，没有查到，您那边说确认之后再联系我。”

“请稍等。”

听筒里传来接线员和旁边人对话的声音，还有敲击键盘的声音。智敏耐心地等待着。她紧握着终端机，双唇紧闭。俊浩看见她这副模样，摇着头走进了房间。这时，电话那头给出了回应：“抱歉，您可以再来一趟图书馆吗？情况有些复杂。”

智敏到达图书馆，表示自己是应约而来，之前接电话的那个管理员从座位上起身，带过来一个人。那个男人很瘦，看起来十分疲惫。他自称是这家图书馆的数据库负责人。智敏和俊浩跟着他来到里面的一个小房间。这里是访客接待室，放着两个沙发、一张桌子，还备有几种零食。

“先请坐，故事有点长。”男人面露难色地说道，“严格来讲，这不是我们的失误，也不是数据管理不善。只不过，这种事情很少见，工作人员当时可能没有为您进行具体说明。”

男人和智敏视线相触。他像是在苦恼如何才能让智敏接受这种情况。他的言辞十分谨慎。

"从结论来说，有人故意将您的母亲剥离出了搜索网。对方清除了索引，但数据没有被销毁。凡是数据被销毁或者迁出图书馆，一定会留下记录。不过，销毁记录中没有您母亲的这一条。"

有人故意剥离？

"您的母亲就在图书馆数据库的某处。管理员所说的'馆内遗失'，就是这个意思。不过，说实话，目前没有办法找到她。据我们推测，是某个拥有金银河的'思维'访问权限的人，清除了可以搜索到金银河的所有索引。如果不是您，应该就是您身边的家属，因为我们没有这样的权限。"

工作人员的说明愈发令人疑惑。智敏问道："'清除索引'是什么意思？既然在数据库里，怎么会找不到呢？只要搜索数据就可以了吧。"

"所以我才说需要向您解释。两位或许也曾经听说过……"男人喝了一口放在桌子上的水，继续讲道，"我们这家图书馆通过上传'思维'，储存逝者的记忆与行动模式。这和文字、图像或者视频等可以简单分析的数据不同。'思维'是贯穿人生的庞大而深刻的信息综合体，是扫描了几十兆个大脑突触连接模式，并进行模拟的结果。"

男人拿起平板，展示了图书馆的一部分宣传视频。智敏没怎么看，只听他讲话。

“直接搜索‘思维’数据十分困难，因为记忆是以无法语言化的形态储存的。突触模式解读还不稳定，所以我们为每个‘思维’标记索引，对其进行分类。如果您去过旧式图书馆，应该看到过图书馆为各种书籍贴上小标签进行分类。就说纸质书，若是搜索文本，其包含的信息太多，所以人们也会提取标题、作者，和一些概括了图书核心要素的关键词。”

智敏没有去过旧式图书馆。不过，她记得小时候看过别人从图书馆借来的书，书脊下方贴着各种颜色的标签。

“‘思维’图书馆也是一样。每个‘思维’都会标记识别索引，最主要的就是由任意的英文字母和数字组成的专有识别代码。为了防止找不到这个代码，我们还会添加逝者的名字、生前住址，如果遗属同意，我们也会添加逝者亲友的身份证号。一般只要达到这种程度，几乎不可能因为故障或者错误而找不到数据。不过，您母亲的情况……”

“索引全部清除了，所以很难找到吗？”

“是的。至少现在可以确认的是，以您目前所持有的卡或者原本的身份信息，没有可以查询的‘思维’。如果说现在还有一线希望，那就是数据并未彻底销毁……并非毫无盼头。不过，您似乎应该先向拥有访问权限的其他家人确认一下情况。”

“访问权限被盗用的可能性呢？”

“连接‘思维’或者修正信息时，需要经过多个环节的人体生物识别，被盗用的可能性极低。”

智敏只有两个家人：七年前断绝了关系的父亲和偶尔打个电话的弟弟。会是谁呢？

“不过，你们为什么会放任这种事情发生呢？索引居然被清除了。”俊浩认为这种情况十分荒唐。智敏的想法也是一样。

“因为遗属有权限变更与‘思维’访问权限相关的所有设定，也可以销毁‘思维’。起初‘思维’上传时，我们就已经全部说明过了。”

“就算如此，现在和销毁有什么区别呢？无法连接，就没有任何意义啊。这么重要的事情，怎么可以不经过其他遗属的同意，直接执行呢？”智敏诘问道。

对方的回答十分无力：“非常抱歉。不过，这显然与销毁不同啊。虽然无法访问，但是‘思维’的确位于这个数据库的某处。就像人的死亡与失踪是不同的一样，您这样理解就可以了。‘思维’不只是简单的数据。”

即便这么说，从智敏的立场来看，不能与妈妈见面，就和销毁是一样的。不过，为什么偏偏以这种形式处理妈妈的‘思维’

呢？她虽然猜想可能是爸爸或者弟弟所为，却想不出他们这样做的理由。

男人再次开口说道："看来你们遗属之间没有协商过啊。我们没想到会发生这种情况。一般来讲，销毁'思维'时会有一个确认是否达成一致意见的步骤，不过变更部分索引之类的情况意外地多，所以那个步骤……"

不能就这么算了。就在夫妇二人打算继续抗议时，在一旁忙着与某处电话沟通的工作人员突然给男人看了什么东西。智敏从背面看不到平板上显示的资料。

智敏静静地看着对面两个人低声对话，心中悲伤而自责。妈妈是什么时候消失的呢？如果自己在妈妈去世之后就立刻来图书馆，可以见到妈妈吗？

面前低声私语的男人和工作人员的嗓音稍微变大了一些。

"还在测试阶段，不行吧？"

智敏和俊浩一脸讶异地等待着。对面的谈话内容十分专业，他们完全听不懂。

"在那个过程中存在损伤的可能性。是的，先申请许可就行。"

男人转向智敏和俊浩。他的表情发生了改变。

"说不定有办法。"

* * *

“找妈妈干什么？你又不在乎她。”弟弟在咖啡馆里看到智敏，立刻没好气地说道。

工作人员表示会讨论解决办法，并在几天之内联系智敏。那天晚上，智敏立刻给弟弟佑敏打了一个电话。弟弟表示自己对此事全然不知，智敏提出要直接见面聊聊。

许久未见的弟弟对妈妈的下落并没有太大兴趣。

妈妈死后，弟弟也同样从未去找过妈妈的“思维”。佑敏比智敏更早放弃了妈妈。不论他对妈妈是什么样的感情，都已淡去。比起妈妈失踪这件事本身，佑敏似乎更好奇智敏现在一定要见到妈妈的理由。

“反正又不是真人，不像坟墓或者骨灰一样真正留下了什么。那只是视频之类的东西而已啊。因为会做出反应，所以让人感觉有点不一样。别看宣传得好像多么了不起，其实只是不实广告。”

如果没有发生遗失事件，智敏说不定也会同意弟弟的话。不过，“思维”遗失可不仅仅是视频文件遗失。

智敏说：“就算是这样，我也很不高兴。如果在以前，这就相当于未经允许移走了棺材，让人找不到嘛。”

“你这种说法真吓人。也对，有人确实把那玩意儿当作真人。我怕起鸡皮疙瘩，连那附近也没有去过。”

“那里的工作人员好像也没有把‘思维’看作是简单的数据。”

“好吧，亲自看过之后，可能会改变想法吧。不过，你为什么找妈妈呢？太突然了。”佑敏看向智敏。

“必须得有什么特别的原因吗？”

“倒也不是。不过，你以前很讨厌妈妈啊。”

智敏无言以对。佑敏若有所思地望着姐姐，摇摇头移开了视线。

妈妈和女儿的关系，通常表现为爱憎交织。妈妈虽然爱女儿，却想在其身上刻下自己的烙印，女儿则拒绝重复妈妈的生活。患有“好孩子综合征”的女儿，和以错误的方式表达母爱的妈妈，二者虽然同为女性，却完全是两个时代的人，因而母女关系中存在着其他关系中所没有的微妙情感。大抵如此。智敏也曾认为，说不定自己和妈妈之间也存在着那种复杂情感以及依恋关系。

不过，那段时期很早就结束了。智敏也说不清是在何时。

智敏出生之后，妈妈患上了严重的抑郁症。据说很多孕妇在生育之后都会经历产后抑郁症，还会在育儿过程中变得更严重。这大多只是临时现象。孩子大了，不怎么费心了，抑郁就会自然消解，有时也需要通过药物治疗和心理咨询来解决。不过，妈妈未能恢复到以前的状态。爸爸对妈妈不闻不问，说妈妈本来就性格敏感，没什么大不了的。妈妈的病情逐渐加重。与智敏的关系变得彻底无可挽回，是从什么时候开始的呢？智敏讨厌妈妈的固执，对妈妈把自己当作私有物品来控制的行为感到厌烦。妈妈变得更加脆弱，是因为抑郁症，还是因为扭曲的母女关系呢？智敏说不清最初的原因。总之，可以明确的一点是，从某一天开始，银河和智敏放弃了彼此。

妈妈因产后抑郁症而崩溃，因此智敏认为自己有某种原罪。如果妈妈没有生下自己，或许可以生活得更安逸。愧疚之余，她又觉得作为女儿没有理由被如此对待，心里十分矛盾。

“我讨厌过妈妈，不过现在再埋怨她也没有什么用了。”智敏不怎么肯定地说道。

姐弟俩沉默了。智敏喝着冰块融化后变淡的红茶，想起了生前的妈妈。佑敏说得没错。妈妈几乎没有给智敏留下什么美好的回忆。智敏记得的，大多是妈妈木然陷入沉思的背影。

尽管如此，有些记忆依然清晰地浮现在脑海。那天，智敏推开家门时，最先看到的是翻倒在地上的小桌。灯具倒在床上，药片散落一地。刚才又发生了什么事吗？

妈妈看到智敏，高声喊道：“宋智敏，你现在也像你爸一样不把我放在眼里了吗？为什么不接电话？”

智敏不知道怎么回答才能使妈妈镇定下来。她只是和朋友们待在一起，回家稍微晚了一点而已。现在才刚过晚上九点。但是，即便指出这个事实，也只能得到妈妈神经质般的指责。如果说智敏有错，也只是没有接妈妈的电话而已。可是她也没有办法。如果接了电话，妈妈一定会冲她高声大喊，智敏也会再次感到窒息。

“遗传基因怎么就如此顽固。我拼尽了全力做妈妈，怎么孩子们却和爸爸一个样……”

智敏压制着心中的怒火，说：“妈妈，你为什么要在家硬撑呢？求求你，住院吧！你坚持不住院，这是妈妈该做的事吗？”

妈妈游离的视线看向智敏。

“我不需要妈妈为我做饭、洗衣刷碗。我只想离你远点，求你了！”

面对智敏的嘲讽，妈妈的表情变了。每当妈妈做出这种受伤的表情，智敏就会感到一阵疼痛般的悲伤。

妈妈总把自己搞得像是一个受害者。既然如此，就不要对我们大喊大叫，也不要咒骂爸爸啊！如果我们一个小时不接电话，就大喊大叫，不如分开住吧！不要在正常的时候说“我爱你”，发疯的时候又说“你毁了我的人生”。如果早点对彼此死心，当彼此不存在，会过得好一些吧？从哪里开始出错了呢？智敏找不到答案……

妈妈依然在哭。

“你为什么不懂呢？我为你付出这么多……”

“除了我，妈妈就什么都没有了吗？我也很累啊。不如趁此机会，别再当妈妈了，可以吗？”

看着妈妈的表情，智敏感觉自己要崩溃了。她内心生出一股冲动，想要切断自己与妈妈之间那条脆弱的纽带。

在智敏的记忆中，这是和妈妈的最后一次对话。此后不久，妈妈终于住进了医院。智敏大学辍学，离开了韩国。

智敏的表情逐渐变得阴郁。佑敏用手指敲敲桌子，吸引了她的视线。

“姐姐很不正常啊。如果是我，估计会选择忘记吧。”

智敏想起了最后的那个瞬间。妈妈凄凉的表情不断在记忆中重现。同时，智敏想起了肚子里心脏跳动的胎儿。智敏还没有对孩子产生任何依恋，但她总有一天是要爱这个孩子的。妈妈爱过智敏吗？妈妈对她的感情是爱吗？是因为相信可以爱一段无法爱的关系，妈妈和智敏才变得更加不幸吗？那么，说不定智敏现在才去和妈妈的“思维”对话，也是一种毫无意义的行为。

问题是，妈妈的遗失比智敏想象中更加令她不知所措。

***

组长叫来智敏，通知她工作已经分配完毕。智敏本以为自己会接手新项目，业务内容却几乎没有什么变动。智敏一直负责的项目现在已经进入收尾阶段，只需定期报告进展情况。组长可能考虑到智敏很快就会生孩子、休育儿假，所以暂时不再给她分配新的工作了。

“不管怎么样，有了孩子，还是要以家庭为重。这些我都替你考虑过了。我知道你的事业心很强，不过我认为妈妈亲自带孩子比较有利于孩子的身心健康。你也这样认为吧？”

比智敏大十岁的组长说明着智敏近期负责的业务，同时有些难为情地笑了笑。考虑到组长似乎认为自己是在照顾智敏，智敏没有对此表示异议。

处理完休假期间积攒的业务，一天就过去了。下班之前，智敏梳理着明天要做的工作时，屏幕一角跳出一条视频通话来电。不是与业务有关的电话。

智敏扫了一眼四周，戴上耳机接起电话。是图书馆打来的。

“是宋智敏女士吗？”

男人介绍了自己是“思维”图书馆研究企划部门的研究员后，

直接切入了正题:“关于我们之前告知您的那个办法,我们打算采用新开发的‘思维’检索技术处理您的问题,您看可以吗?”

智敏眨着眼睛等待对方的说明,男人干咳几声,开始了冗长的解释。

就像智敏已经听说的那样,“思维”并不是简单的数据包。由于各种错综复杂的问题,“思维”上传仅限于人死后进行,而其中最关键的问题在于人们还缺乏对大脑突触如何构建自我的理解。目前,“思维”上传采取的方式是高分辨率扫描大脑突触模式,并照此进行模拟再现。扫描过程中会对原生大脑造成损伤,因此“思维”上传仅适用于脑死亡或宣告死亡,以及判定为没有生存可能性的患者。

科学家们在“思维”模拟再现领域取得了成功,却未能实现对内部单独数据的理解。物理神经元细胞与普通数据不同,可以与接触的所有神经元相互连接,所以从理论上来说,人类大脑所包含的连接超过了几十兆个。“思维”上传是一项了不起的技术,却依然停留在取代奉安堂的水准,因为人们还没有弄清这么多突触模式的含义。学者们把突触模式中想法、记忆、对外部的反应等呈现自我构建过程的这部分统称为思维语言。关于思维语言的研究,还有很长的路要走。

研究员通过图表和图像向智敏补充说明了“思维”技术的原

理。迄今为止,“思维”检索技术只能依赖原本标记的索引也是这个原因。比如,可以轻易数据化的文字、语句、图画、视频、音乐等形态的媒体很容易检索,只要借助同样形态的输入信号即可。然而,想要直接检索“思维”数据,则需要检索“思维”的储存形式,即突触模式。而且,就算可以确定要检索哪一种突触模式,想用区区一两个线索在浩瀚的“思维”大海之中寻找特定的人,也是几乎不可能的。

“这次计划采用其他的操作方式。我们以储存的‘思维’为基础,开发出了一个标准的人工模拟大脑。在这个人工大脑中记录外部刺激,就可以形成突触模式。”

利用这种新开发的模拟大脑,可以通过类似“思维”上传的方式把特定的情境或者物品进行数据化。如此构建的数据可以模仿神经元细胞相互作用的突触模式。新的检索技术正是以这种模式作为输入信号。如此一来,输入这种模式时,相互作用最强烈的“思维”就会排列出来。

“不过,标准的模拟大脑并不适用于所有人,所以存在一定的局限性。输入的信号必须对相应的‘思维’具有非常重要的意义。越是专属于个人的特定物品或者情境,越容易找到目标。与逝者关系密切的东西,可以刺激很多记忆,对检索非常必要。”

“所以,到底需要什么东西呢?”

“我们在试验阶段通常使用遗物。不过没有特别意义的遗物，成功率很低。照片中的场景一般也不会给人留下什么深刻的记忆……如果是类型相似的物品，我们会扫描多件以提高成功概率，不过如果物品本身与逝者没什么关联，也不能保证成功。我们目前仍在进行内部测试，所以很难给出一个确切的答案，这件事就只能委托给最了解逝者的您了。每个人的人生都是独一无二的，与记忆产生最强烈相互作用的物品也是不同的。”

男人说比起特定的文字或图像等可以直接数据化的东西，最好带具有实体的遗物到图书馆。因为人的视觉、触觉、嗅觉等感官记忆对连接非常重要。

据说记忆交织越多，检索成功的可能性就会越高。不过，在流水线产品盛行的年代，会有什么可以代表一个人的特定物品吗？男人列举了测试过程中成功的物品，基本是一些亲手制作或者对逝者意义非凡的物品。不久前，有一位生前爱好皮质工艺的逝者，通过扫描本人作品的模式检索成功了。此外，还有终生爱惜的配偶送的手表，以及饱含真情的亲笔信等。男人还说，如果逝者曾经是上班族，工作成果也可以作为输入信号尝试一下。

智敏听着研究员的说明，点了点头。她认为自己虽然与妈妈关系不佳，但是可以找到那么一件物品。

那天下班之后，智敏立刻取出了妈妈的遗物箱。妈妈去世之后，贤旭寄来了这个箱子。智敏只知道里面装着杂物，从来没有仔细确认过。她也没有想到此后会因为这种事情打开。

“思维”上传取代了过去的葬礼文化和奉安堂之后，把遗物放在骨灰盒旁的文化也消失了。对遗属而言没有什么特别意义的遗物都会被销毁。尽管如此，妈妈留下的遗物依然塞满了箱子，智敏觉得这是因为贤旭没有认真查看过。

箱子里基本都是妈妈穿过的衣服。看着这些外套、帽子和针织毛衣，智敏想起妈妈去世于冬季。智敏当时在南半球。她在酷暑中通过邮件收到简短的讣告时，本以为对妈妈的埋怨和想念都一并消逝了。智敏的心情非常复杂。

智敏取出衣服与手表，以及一些陈旧的饰品，以为可以找到一件有意义的物品。然而，直到她翻到箱底，也没有发现可以代表妈妈的物品。

智敏苦苦回忆，想起妈妈以前偶尔会读书。大部分都是电子书，作为遗物没有意义。而且，读那些书的人又不止一两个。妈妈还对什么感兴趣呢？再也想不起来了。智敏很小的时候，妈妈对她来说只是妈妈而已，等她长大之后意识到妈妈是一个独立的个体，妈妈已经极度消沉。

妈妈生下自己和佑敏之前是什么样子呢？在智敏的记忆中，妈妈一直是妈妈，所以她没有认真思考过妈妈只是“金银河”的那段时期。

智敏记得，妈妈总是待在家里。因为没有什么特别的爱好，妈妈留下的只是维持基本生活的必需品。

妈妈也没有特意为智敏留下什么。智敏在襁褓期穿过的两件新生儿服，以及一张在摄影棚拍摄的笑容拘谨的全家福已是全部。就连这些东西，也是因为无人处理才留了下来。

妈妈像是一个不存在的人。她只留下了极淡的痕迹，她那么生活过，又那么离开了，现在成了一个不存在的人。

尽管如此，智敏依然抱着试试看的心理，翻找了家里的杂物。她有一个搬家时也一直带着的箱子，里面大多是小时候用过的物品，还保留了恨不得立刻离家独立的高中时期，在课堂上偷偷和朋友交换的纸条。纸张在当时已经很少见，不过课堂上还是会使用。智敏又查看了网盘里按照年份储存的备份照片和视频，却也没有找到什么想要的资料。智敏离家之后，从未与妈妈见过面，不必查看也知道不会有那段时期的内容；她也没有留下什么童年照片和视频。电子资料的特性如此，如果没有妥善保管，就很容易丢失，而且那段时间过得不幸福，没有什么值得留下来的记录。

就算如此，也不至于到这种程度……在智敏二十岁之前的漫长岁月中，妈妈为什么没有留下任何有意义的痕迹呢？无论是妈妈的遗物箱里，还是智敏的东西里，都没有一件可以代表妈妈的物品。

妈妈和这个世界断连了，在索引清除之前也是。

智敏翻看了几千张照片，读了小时候写的日记和信件，还翻看了偶尔拍摄的视频，其中也没有提到妈妈。智敏自拍时身旁隐约出现的身影，精修过的全家福，视频中的声音，这些已是全部。就算是在日记里，也只有一些简短的埋怨。

“你有妈妈的遗物吗？”

“我会有那种东西吗？”视频那边的佑敏苦笑了一下，如此回答道。

佑敏离家时比智敏还小，没有母亲的遗物也在情理之中。然而，站在镜头前的智敏依然木着脸。

佑敏又重新开口说道：“我找一下。”

“那个，佑敏。”

“嗯？”

“妈妈什么也没有留下。”

佑敏似乎有点慌张。他尴尬地笑着：“我们的家庭关系不怎么好嘛。”

“可是妈妈和我们一起生活了二十年，怎么会什么都没留下呢？”

“这很重要吗？事到如今，你何必这样啊？”佑敏说完，冷淡地补充了一句，“你联系一下宋贤旭吧！如果他有良心，应该会保存着点什么。”

视频通话结束之后，智敏浑身无力地瘫坐在沙发上。事到如今，她并非同情妈妈，只是好奇而已。妈妈为什么选择了被孤立呢？她对女儿为什么只有接近执念的爱呢？是什么让妈妈变成了那样呢？所以，没有在这个世界上留下任何有意义的痕迹，是不可避免的吗？

妈妈此刻会在无人探望的图书馆某处想些什么呢？她会认为那原本就是自己的归属吗？

智敏打开电视，不断切换着频道。断续的声音讲着不同的故事，又紧接着消失在半空中。

突然，智敏的视线定住了。某频道正在讨论“思维”上传的事情。智敏停下了切换频道的手。

“人类的灵魂是由什么物质构成的呢？‘思维’图书馆出现之后，这是管理员最常听到的提问之一。”

四个男嘉宾围坐在一个女主持人身旁，正在讨论“思维”与灵魂的话题。其中一个嘉宾表示，可以将一切大脑活动解释为一系列的电信号和化学信号。他还解释说，能成功构建“思维”是因为可以通过电信号将大脑中的各种化学信号、肽和神经递质的影像进行数据化。

女主持人说:“不过,最近的研究结果并不乐观。先是发现被扫描的突触模式不再出现可塑性变化,紧接着‘“思维”不是灵魂’的主张也来势汹汹。一个人的自我是不断发生变化的,会在成长、学习、反馈、衰老的同时,构建个人的自我意识。那么,不变的‘思维’会不会不是灵魂本身,而更像是凝固于死亡瞬间的某种被剥制的意识呢?”

嘉宾们提到了当今学者们的研究主题,并提出未来完美理解“思维”的可能性。如果我们可以完美理解思维语言,也就是说,如果我们可以通过改变突触模式给予大脑刺激,图书馆中储存的“思维”会拥有灵魂和自我吗?它们虽然肉体已逝,却可以存活在图书馆里吗?如果可以感知视觉、听觉与嗅觉刺激,它们可以被称为不同于图书馆外的人类的“另一种存在”吗?

讨论中提出的问题大同小异,结束得索然无味。随后是含糊其词的结束语:问题的答案我们尚不知晓,但学者们仍在积极地研究思维语言。

智敏再次想起了妈妈。就连妈妈会同意“思维”上传这件事,智敏也很难相信。如果妈妈真是智敏记忆中的那个妈妈,她应该想要彻底消失,根本不会留下什么“思维”。尽管那只不过是一种被剥制的意识。

而且，智敏同意弟弟佑敏关于“思维”的看法。就算那个东西能够高度模仿生前的人，要把它们当作拥有另一个自我的真正意识来对待，也令人感到不适。

不过，智敏越是想着妈妈被清除的索引和生前的妈妈，脑海里越是乱作一团。

讨论节目的画面已经淡出至黑屏，只留下了解说的声音。

“尽管如此，我们依然可以确定，‘思维’会以自己的方式记住我们生前构建的关系、我们共有的东西、我们留在他人大脑以及这个世上的痕迹。就算我们永远解答不了‘思维’与自我的关系这一疑问，我们依然可以通过‘思维’更加清楚地了解他们的人生。”

智敏站起身来。

就算数据被切断连接，也会存活在某处吗？人生与世界失联之后，依然是人生吗？这些疑问在智敏的脑海中挥散不去。

* * *

智敏决定亲自去一趟贤旭家。

贤旭发来的最后一条消息是妈妈的讣告。智敏对贤旭的记忆比对妈妈的更少。贤旭总是忙于工作。妈妈的病情恶化之后，贤旭没有照顾妈妈，反而选择了不再回家。智敏认为贤旭是一个“不存在的爸爸”。到达家门口之前，智敏好几次想要掉头回去。按下门铃之后，她的嗓子更是突然开始发干。

片刻之后，门开了。一个比记忆中更加年老、鱼尾纹很深的男人看着智敏。这是智敏离开韩国之后第一次见他。

家里又窄又黑。贤旭带智敏去了客厅。

智敏坐到沙发上，贤旭问她：“事到如今，你又想做什么？”

智敏没有回答。贤旭出神地看着智敏，片刻之后，他去厨房端了一杯茶包冲泡的茶水出来。两个人一直保持沉默，直到马克杯升腾的热气消失，智敏感觉嗓子发干，拿起杯子喝了一口茶水。

智敏放下马克杯，先开口问道：“我去过图书馆，发现妈妈的索引被全部清除了。是你做的吧？”

“是的。”

智敏咬了咬嘴唇。

“那是你妈妈的意思。”贤旭说。

智敏本打算说点什么，却又闭上了嘴。

“她原本也坚决拒绝留下‘思维’。”贤旭淡淡地说道，“我劝她说，反正留下的又不是意识。所以你妈妈以被世界遗忘为条件，留下了‘思维’。那是你妈妈最后的请求，我只是照做而已。”

贤旭以前曾把妈妈当作一个人，而不是孩子们的妈妈来看待过吗？就算有，那应该也是很久之前的事情了。

“我必须见一下妈妈。”智敏极力控制情绪，表示需要贤旭帮助检索妈妈。

“为什么要见她？”贤旭问道。

一瞬间，智敏语塞了。刚开始更像是一种冲动，但得知妈妈遗失之后，就有什么东西不一样了。

智敏沉默片刻，以低沉的嗓音说道：“因为我对妈妈不了解的地方太多了。”

尽管妈妈并不是一个好妈妈，智敏依然认为她不应该像不曾存在过一样消失无踪。

贤旭带智敏去了阁楼，说那里存放着妈妈的遗物。

智敏本以为他可能已经抹去了妈妈的所有痕迹，没想到那里还保留着许多物品。不过，大都是一些界限模糊、很难称之为“妈妈的遗物”的物品。比如，佑敏和智敏的童年相册、玩具、衣服、课本，以及破旧的育儿日记。智敏翻看了几页育儿日记，发现妈妈也许并不是在生育之后立刻患上了产后抑郁症。育儿日记虽然只有一个月的内容，却记录得非常认真。也许，她曾经是一个好妈妈。

然而，这里的物品也都不是关于金银河本人，而是关于其他人的。智敏嘴里发苦。她抬起头看贤旭，贤旭只是面无表情地默默站在那里看着智敏翻找东西。

“没有别的东西了吗？”

贤旭指向阁楼另一边的书架。

那里塞着几十本纸质书，大多是一些有关料理和育儿的实用类书籍。如今，纸质书已经被立体电子书取代，不过妈妈年轻时还存在着一些纸质书出版社。意外的是，贤旭居然没有丢掉妈妈的书。

智敏仔细地查看过这些书，难掩内心的失望之情。用这些书无法找到妈妈的“思维”吧。就算纸质书再少见，也只是妈妈读过几遍的书籍而已，很难认为其中蕴含着什么特别的记忆。

智敏找来找去，也没有找到什么可能会有用的物品。干脆带着妈妈没写过几页的育儿日记去吗？说不定只有这个东西存在成功的可能性。

智敏正打算移开视线，突然看到了什么东西。

塞满书架的实用类书籍中夹着四本不一样的书，看书名像是小说。和其他书不同的是，这几本书看起来保管得不错。不过，说不定只是因为买回来却没有读过，才会如此。据智敏了解，妈妈不喜欢读小说。

智敏失望地把书重新塞回书架。

这时，贤旭开口说道："她从来没有和你说过吗？"

"什么？"

智敏按照贤旭的指示翻开了书的最后一页，上面只印有出版社的名称，其余部分是一片留白。以防万一，智敏又扫了一眼勒口上的图书目录，还是没有看到妈妈的名字。究竟是让我找什么呢？智敏又试着向前翻了一页。

贤旭点点头，似乎在表示正是那页。智敏浏览着书页上的内容，视线突然停在某处。那一页夹着一枚印着封面插图的小书签。

智敏拿开书签，看到了被遮挡的文字。

封面设计 金银河

十天以来，智敏第一次找到了"银河"这个名字。

贤旭说："这是你妈妈公司出版的书。不过现在很难找到这种纸质书了。"

智敏问："妈妈做过图书出版方面的工作？"

"在生下你之前。"

妈妈有索引。

在一个意想不到的地方。

智敏从来没有认真思考过妈妈的过去，也没有想过妈妈曾经工作过，在某个公司，制作了标记着她名字的什么东西。因为智敏所了解的妈妈永远待在家里，一副无精打采的样子。可是，为什么智敏以前不知道这些呢？这也情有可原。银河拥有一段生下智敏之前的人生。那段时期她还没有拴上孩子这个脚镣，说不定那也是妈妈拥有真正人生的时期。

贤旭见智敏的表情黯淡下来，补充道："反正那时出版社也快倒闭了。传统出版全部被媒体公司兼并，很久之前就是夕阳产业了。"

智敏呆呆地看着妈妈的名字。

"硬撑的话，说不定还能再工作一两年，不过那似乎也没有什么意义。只是你妈妈那时刚好在休产假，所以上了第一批裁员名单。那不是你的错。"

贤旭说得没错。银河就算没有怀孕，总有一天也将不得不放弃出版社的工作。在智敏的童年记忆中，大部分纸质书早已经消失。

不过，妈妈可以选择的应该不只是为纸质书设计封面。如果她坚持下去，或许可以从事其他工作。

"我觉得她只是运气不好。我也不知道她会变成那样。就算没有那件事，"贤旭如辩解般说道，"反正有了孩子，也要暂停工作。一直以来，都是如此。"

所有的情况像多米诺骨牌一样，接连倒下，将人摧毁。

如果妈妈当时必须做出的选择不是待在家里，会怎么样呢？

如果妈妈不论如何，也要去某个地方做点什么呢？哪怕只是纸质书勒口、书页最底端的小号字体，或者只留下文件制作者署名的微小存在感也好。如果可以留下自己独有的某种东西，她会走出低谷吗？如果在家庭的藩篱之外，还有一个能够定义她的场所和名称；如果有一条与世界连接的纽带可以挽留她……

即便如此，妈妈也会遗失吗？

“你不是需要遗物吗？把那些书带走吧。虽然不知道那对于你妈妈来说算不算重要物品。”

“爸爸。”

准备转身的贤旭打了一个激灵，动作僵硬地停下了脚步。

“您以前从来没有去找过妈妈吗？也就是说，没有连接过妈妈的‘思维’，只是听从妈妈的遗言，去把索引清除了而已吗？”

现在，智敏已经搞不清楚自己该埋怨谁了。她只想找个人发泄怒火。

“您让妈妈被这个世界孤立，变成了一个没有完全死去，却不再与任何地方有所连接的人。您从来没有觉得抱歉，也没有后悔过吗？”

说不定这也是智敏对自己的提问。

一阵沉默。智敏看不到贤旭的表情。如果死死盯着他的后脑勺，会知道他的想法吗？

过了很久，贤旭低沉的嗓音打破了沉默。

“智敏，你说你从来没有连接过‘思维’是吧？”贤旭嗓音嘶哑，“我试过，像真的一样。”

智敏干咽了一口唾沫。

贤旭像是喘不过气来一样：“死后还要见我，她应该很痛苦吧。我只连接过一次。以后再也见不到‘她’了。”

贤旭错了。妈妈依然在图书馆某处，处于断连的状态，尚且无法访问。

必须要找到妈妈。

* * *

二十岁的妈妈，在世界某处，是故事的讲述者与主人公。她拥有索引。她在聚光灯下起舞，存在于光的线条与线条之间，拥有自己的名字、声音和形象。

智敏想象着妈妈。妈妈的脸庞应该与智敏十分相似。她有了孩子之后，是否害怕过呢？即便如此，也依然决定爱她吗？妈妈就这样得到了“智敏妈妈”的称呼，失去了本来的名字。妈妈在世界中遗失了。不过，她曾经拥有过比任何人都要耀眼的姓名，她是在这个世界中存在过的金银河。智敏没有见过的她的过去，现在才终于可以想象出来了。

智敏并不打算原谅她，也不打算祈求她的原谅。那已经太迟了。不论她曾经是谁，在与智敏的关系中，银河是一个不合格的妈妈，从未给过智敏真正的爱。银河活着的时候，她们深深地伤害了彼此。

不过，智敏有话要说。

智敏提着一堆行李匆匆到达图书馆时，工作人员都惊讶地看着她。其中一位工作人员认出智敏，走过来接过了她的行李。智敏立刻找到负责人。负责人与管理员一起来到服务台，开始检查物品。智敏递过去的是从贤旭家拿来的书。四本纸质书重量不轻。图书馆里出现了现在几乎不再使用的纸质书，来往的人们不断看向这边。纸质书封面展现出了银河的品位与喜好。

管理员解释说，如果通过突触扫描找到了特定的“思维”，便会连接密码卡上的索引，在画面上显示姓名。对一本书进行突触扫描需要五分多钟。

第一次扫描过后，画面中列出了无数的名字，但没有看到妈妈的名字。智敏很焦躁，视线牢牢地盯住屏幕。不过，她对书的作用确信不疑。管理员也毫不犹豫地扫描了下一本书。看着画面上的百分比上升，他小心翼翼地问道：“请问，这是您要找的那个人写的书吗？”

“不是，不过……”

第二本书扫描完毕，名字的范围没有大幅缩小，依然连接了很多“思维”。不过，范围很显然正在逐渐减小。智敏没有失望。第三本扫描完毕，接着扫描第四本。周围的工作人员都聚在智敏身边，等待结果。

寂静。偶尔有打破寂静的咳嗽声。还有焦躁的视线。

“啊，出来了！”管理员伸手，指着出现在屏幕上的名字。

智敏在许多文字当中找到了妈妈的名字。

金银河

智敏点点头。她的嗓子很干。

“思维”连接器识别了卡，开始连接。管理员神色紧张地递过身旁的设备。智敏刷了卡之后，蓝色灯光亮起，显示出访问许可说明。连接器的构造很简单。智敏戴上向大脑皮质传送信号的虚拟现实头盔，按照设备上的说明，坐到椅子上，闭上了眼睛。

智敏睁开眼睛时，眼前的景象一片模糊。妈妈坐在沙发上。她侧身背对着智敏，注视着什么东西。妈妈看起来比智敏最后记忆中的模样稍微年老一些，可以看到嘴角的皱纹和鬓角略微斑白的头发。

周围的环境逐渐清晰起来。现在，智敏认出了这是什么地方。

智敏和妈妈在一间小书房里。这是智敏未曾真实见过的虚拟空间。空间里堆满了纸质书与笔记本，墙上还挂满了图画，那些都是银河成为“智敏妈妈”之前喜爱过的物品，构成她的生活的物品。智敏还看到了摆放在书桌一角的照片，是自己和佑敏。

在虚拟空间里，银河看起来比任何时候都更加清晰。妈妈活着的时候，智敏曾经认为她可能会消失在空气中。智敏突然想起一件事：和妈妈同住过的房子里，没有妈妈的房间。

银河转过头，看着进入空间的智敏。智敏无法读懂她的表情。人们说得没错，太像真人了。智敏在心里反复对自己说：妈妈死了，这不是妈妈。我无法原谅妈妈，也无法祈求妈妈的原谅。一切已经结束了，做什么都是多余的。

不过，她也不能就这样离开。应该说点什么呢？智敏不想说“对不起”或者“原谅妈妈”之类的话。

“突然来找你，很意外吧？我有话对你说……”

银河看到智敏开口说话，再次转移视线。现在，银河看向了摆放着自己的物品的书架。不过，智敏认为银河在等自己说话。

有人说，“思维”是真正活着的意识。有人说，这只是一种再现程序罢了。哪种说法是对的呢？或许永远也找不到答案。

那么，你想相信哪种说法呢？

“不论我说什么，也无法真正安慰妈妈过往的人生。”

智敏向前走了一步。视线躲向别处的银河，终于正面看向了她。智敏知道。

“但现在……”智敏来见她，只想说一句话，“我可以理解妈妈了。”

寂静。银河的眼角湿润了。她伸出手，握住了智敏的指尖。

关于我的太空英雄

나의 우주 영웅에 관하여

在景没有飞向宇宙，
而是跳进了大海。

去年年底，佳允接到了入选候补航天员的通知。身体改造是一个长期项目，需要耗时十八个月，起初的日程计划是从第二年夏天开始。然而，新年伊始，总部便联系佳允去做个简单的体检。他们的说法是，日程提前了。

佳允看过那天的晚间新闻，明白了宇航局急于推进项目的原因。消息称，研究组接收到了首次穿越太空隧道的赛博格[1]灵长类动物“里奇”在隧道彼端发出的生命体征信号。现在，轮到人类了。地球上的人类都在等待下一个瞬间——首位人类航天员穿越到宇宙彼端，亲眼见证人类尚未真实看过的隧道彼端的风景。

只要有一个人成功穿越隧道，睁开双眼，人类宇宙就能够急

① 指机械化的有机体。是以无机物构成的机器，作为有机体身体的一部分，但思考动作均由有机体控制。目的通常是借由人工科技来增加或强化生物的能力。

剧扩张。佳允尚未对自己成为这个伟大项目的候补航天员产生实感。姨妈当时也是这种心情吗?

去华盛顿正式参与项目之前,佳允预约了首尔的一家医院做体检。此前听说只是简单检查,没想到项目如此之多。如果这种程度算“简单”,那华盛顿中心说不定会逐一分析佳允的体细胞吧。

新闻报道已经公开了佳允入选候补航天员的消息,但体检这件事是保密的。护士在医院后门等到佳允,没有挂号便将她带进了诊疗室。这种感觉像是在进行间谍活动。宇航局亲自派遣的医疗负责人每天都会确认佳允的状态。一些检查需要分析时间,必须等到下周才有结果,不过首先从表面上来看,佳允似乎没有什么健康异常。

到了第三天,负责人惊慌失措地对佳允说:“博士,我看了一下体检记录,发现一个问题。”负责人仔细查看着昨天的体检表,“您为什么没有提前告诉我?”

“什么?”佳允瞬间紧张起来,甚至担心是否发现了肿瘤。

负责人的回答完全出乎意料:“您和崔在景是亲属的事情。”

负责人将其中一页体检表递给佳允。那是昨天下午做的心理咨询记录。佳允看了,不情愿地回答道:“确实有那么一层关系,不过怎么会有问题呢?”

佳允搞不懂负责人为什么说起在景姨妈的事情。负责人依然眉头紧皱，佳允不知所措地问道："有规定说，和前任航天员有亲属关系就不能入选吗？"

不应该这样啊。就算有这条规定，也不适用于自己的情况。

负责人似乎认为佳允的话很奇怪，歪起头冷静地答道："不是那个问题。不过，如果您与崔在景关系亲密，当然应该提前告诉我。虽然材料上只调查直系亲属，可她毕竟不一样……她存在道德方面的问题，这可能会成为您不合格的理由。"

与在景姨妈关系亲近，对佳允来说是一种光荣。这其中似乎有什么误会。佳允再次开口说道："在景姨妈……是我的太空英雄。虽然她的结局不算好，但是并非只有活下来才是英雄啊。"

佳允有些难为情，感觉自己像是小学生在爸爸面前展望未来梦想，立志成为一名优秀的消防员。尽管如此，对于姨妈属于"不合格的理由"这种荒唐的指责，她还是想要做出解释。

"姨妈是我立志成为航天员的契机。那一天，虽然她遗憾地牺牲了，但是……"

"遗憾地牺牲？"负责人打断了佳允的话，冷冰冰地反问道，"崔在景？"

负责人的那副态度，好像佳允说错了什么话似的。佳允困惑地愣在那里。

崔在景当选人类首批隧道航天员那年，已经四十八岁。选拔结果公布之后，引发了社会争议。即便是普通航天员，四十八岁才开始第一次飞行，年纪也太大了，而且到了这个年纪又没有什么特别的履历，因而各种指责不断袭来。甚至，她的健康状况也不合格，患有慢性前庭功能异常，体型又小又瘦，肌肉和骨骼密度都未能达标。况且，她还是个有过一次孕育经历的东亚女性。这些事实被媒体逐一公开后，对选拔过程的争议如烈火般愈演愈烈。

人们提出质疑，崔在景这种不合适的对象为什么会被选作人类代表呢？在景是三名最终入选的航天员之一，这一事实并不怎么出格。除了在景，其他两位航天员都是宇航局总部出身的白人男性，这一点也是如此。人们指责的是，宇航局为了进行公平选拔而初次投入使用的人工智能“堆栈思想”[①]。

“堆栈思想”开发者声称，由于航天员们参与的“赛博格锻造”[②]项目是一个完全摆脱人体、以全新的身体重生的过程，可以忍受极限改造过程的意志力比原先体魄的适合程度更加重要。在景的前庭功能异常，反倒可以为适应无重力状态加分。不过，

① 原文为 Stack Mind。

② 原文为 Cyborg Grinding。

人们并未轻易认可这种说辞，对人工智能选拔的公正性的质疑，无端地蔓延到了航空航天领域之外，演变为对各种重要职位的性别、人种分配制度与优待政策的指责。不过，与多数热点舆论一样，针对航天员选拔的争议只持续了几个月便冷却下来。

此后，人们关注的焦点转向在景即将经历的奇异的身体改造过程。为了宣传这个项目，宇航局拍摄并公开了航天员们忍受着痛苦进行改造与训练的视频。又矮又瘦的在景咬牙坚持训练的过程显得极具戏剧性。宣传视频在某些方面激起了人们关注奥运会国家队队员训练的那种快感。人类代表们演绎了一个战胜艰难困苦、超越极限，并最终取得胜利的铁人故事。

为了穿越隧道，特殊太空梭中的航天员必须承受极限重力加速度、急剧的温度变化与外部压力变化。“赛博格锻造”是一个改造人体的过程，目的是让人类在穿越隧道的极限环境中存活下来。为了把人类送往隧道的另一端而改造人类自身的想法，是这个项目引发强烈指责的原因所在。如果人类必须放弃原有的身体，才能看到宇宙彼端，那么这还算是人类的成就吗？

在景对此没有任何疑虑。“是的。当然，我也很期待宇宙的另一端……不过，我更想超越人类极限。我们身体的局限太多了。特别是怀上女儿瑞希时，我曾感叹过：因为人类在进化过程中未能解决的问题太多，所以我们才要如此受苦。如果我们可以拥有更好的身体，没必要非得以原来的身体活下去吧？想象人类将来会以怎样的崭新面貌生活，是一件非常有趣的事情。如果可以实现这一点，我们也没有理由非得在地面上生活。”

在景的回答与人们对人类首批隧道航天员的期待相差甚远。在景的挑战对人类有什么意义，在景穿越隧道首次看到宇宙彼端会给这个世界的人们带来什么影响，人们期待她能从这种宏观角度进行回答。然而，在景只对新身体充满无限期待。某家报纸还刊载社论批判在景“完全没有表现出一个专业航天员应有的风范”。

在景只渴望自己外观的改变，却在准备隧道项目的过程中成了许多孩子心目中的英雄。佳允也同样把在景奉为英雄。

首个“赛博格锻造”项目耗时三年。改造的第一步是把人体体液替换为高分子纳米溶液。在景的外表依然和以前一样，但随着溶液注入次数的增多，身体逐渐彻底改变。根据科学家们公布的预测值，改造的最终形态是金属器械与生物纳米机器人相结合的赛博格，原有人体的占比将不足五分之一。项目即将结束时，在景无需任何辅助即可潜入深水，每天只睡四个小时就能快速消除疲劳。

据报道称，在整个隧道项目中，仅赛博格改造便投入了几百亿美元。宇航局为了宣传隧道项目，动员航天员们作为特殊选手参加国际游泳比赛，并实况转播了他们轻松打破纪录的瞬间。与此同时，宇航局还安排赛博格航天员参与到现有的太空任务之中。在景总共参与了三次一年一度的隧道穿越预备太空任务。她在采访中谈到，每次参加任务，她都感觉自己的身体在极限环境中更加轻松了。

隧道项目是使人体适应太空环境的“普适性改造”① 的一环。尽管隧道比普通行星的环境更加危险，但是如果人类能够在隧道内生存下来，就相当于证明了人类可以去往宇宙彼端的任何地方。在这个项目中，在维持人类原貌的前提下可以多大程度强化人体，强化后的人体在隧道穿越的极限环境中是否也会安然无恙，与将人类送往宇宙彼端这个终极目标同样重要。

终于，人类向隧道发射首艘太空梭的日子到来了。

那一天本应是纪念人类宇宙扩张的日子，却在万众瞩目之下以悲剧收场。由于推进器不稳定，计划穿越隧道的太空梭在进入隧道之前便爆炸了。航天员们根据应急逃生预案撤离到了太空中，但前去营救的运输舰未能及时赶到。航天员们消失在隧道的另一端，尸骨难寻。

---

① 原文为Pantropy。Pantropy代表一种虚构的太空殖民过程。在这种过程中，人类不是通过改造其他行星或建造适合人类居住的太空栖息地，以使环境适应自身，而是对自身进行改造使之适应环境，例如基因工程。这个词由科幻作家詹姆斯·布利什创造。

包括在景在内的航天员们，在临死前依然留下了隧道内部的拍摄数据。他们把生命的最后一刻奉献给了人类，那个黑匣子被看作牺牲的象征。几个月之后，航天员们的故乡和华盛顿立起了他们的纪念碑。每年的那一天，宇航局都会举行纪念仪式，缅怀首批隧道航天员的牺牲。

这便是佳允所了解的在景姨妈的故事。

佳允爱在景，比任何人都希望在景成为首位穿越隧道的人类宇航员。那次任务以失败告终时，佳允哭得最厉害。佳允入选之后，人们询问她成为航天员是否有什么特别的原因，她开始谈起自己埋在心底的太空英雄的故事。人们听着佳允的诉说，眼泪盈眶。

然而，负责人居然说佳允完全搞错了故事的结局。

“如果关系亲近到可以住在一起，理应知道的啊。”

负责人道出了在景执行任务当天的真实情况，那个令人震惊的真相——

其实，在景那天并没有英勇牺牲。她一开始就没有登上前往隧道的太空梭，也没有出现在耗资巨大的任务现场。太空梭爆炸之后，无迹可寻，因此宇航局决定掩盖在景“违反合约”的致命性事实。

发射的前一天，在景逃离了航天员中心。

在景没有飞向宇宙，而是跳进了大海。

* * *

瑞希满不在乎地说:“我妈本来就是那样，有点随心所欲。”

佳允十分无语:“姐姐，原来你早就知道了啊。”

“我知道啊。我是她的女儿，所以他们告诉了我。宥真姨妈也知道。不过，宇航局让我们装作不知道。他们说，反正也没有发现尸体，所以对外宣称妈妈死在了太空。他们当时说得好像自己发了多大的善心一样。看来光是处理太空梭爆炸事故，就很为难了吧。”

“为什么没有告诉我？”

瑞希耸了耸肩:“这种事要怎么跟你讲啊？”

“你这话什么意思？难道我和在景姨妈还是外人吗？”

“正因为如此，我才没说啊。你和我妈之间的关系何止不是外人，你简直就是崔在景的狂热崇拜者。如果有‘崔在景教’，你一定会成为头号信徒。那天之后，你连饭都吃不下了，后来好不容易才振作起来。当时，我和宥真姨妈都以为你真的会死。可是，我怎么能告诉你那种事呢？你的偶像在英勇的任务面前可耻地逃跑了，难道让我这样告诉你吗？”

佳允无言以对。事实的确如此。

“那你过后也可以告诉我啊……”

佳允注意到瑞希的神情，闭上了嘴。瑞希的神情令人捉摸不透。

佳允妈妈的做法也是一样，知道真相却没有告诉她。佳允本以为宥真悲伤得好一阵无法站起身，是因为在意外事故中失去了朋友，她根本没有想到会是这样的缘由。

事实是，佳允一直奉为太空英雄的在景姨妈，肩负人类历史重任，却在执行任务的前夜逃跑了。

整个周末，佳允都在想着在景姨妈。她想破脑袋，也想不通在景为什么要那么做。堂堂一个航天员，明明即将享有“抵达宇宙彼端第一人”的盛誉，却在出发之前突然跳海，这种事情可能吗？而且，在景在之前的心理诊断中没有显示出任何问题。

佳允苦恼再久，也无法立刻找到这个问题的答案。瑞希很久之前便听说了这场意外。既然连她也不知道原因，佳允自然更加没有头绪。

周末结束，佳允来到候诊室接受最后一次心理诊断。负责人走进来后，佳允犹豫了一会儿，开口问道：“选拔结果会受影响吗？”

“心理问题可能是家族病史。就算选拔结果没有作废，也要接受严格的心理诊断……”

佳允打断了负责人的话：“如果是这样，那么我没有问题。我能保证。”

负责人带着疑惑的目光看向佳允。佳允没有再解释什么，而是安静地等待接受诊断。候诊期间，负责人一直不满地看着佳允。

在景与佳允的妈妈金宥真结识于未婚妈妈同城论坛。起初，她们只是知道彼此的名字。奇妙的是，她们每个周末都会在同一家小区剧场碰见，于是开始攀谈。在景是附近大学天文物理系研究室的博士生，宥真是会计事务所的上班族。她们一起吃饭，邀请对方到家里做客，分享育儿信息，畅聊话剧。后来，她们开始涉足彼此生活的更多方面，凡事互相照应。如果有想看的电影上映，宥真与在景会轮流外出，留一人照顾双方的孩子。

后来，宥真和在景干脆合住，搬到了一处有客厅、阳台以及独立卧室的住处。从那时起，瑞希和佳允也共同成长，情同姐妹。佳允心想，妈妈和在景也是这样共处了二十年，所以才会如此亲密吧？

读博期间，在景突然怀上了女儿瑞希。休学、登记结婚、离婚，全部速战速决。育儿与学业并行并非易事，在景却一直在坚持做研究。在景在研究生院读博期间写过几篇不错的论文，还收到了去国外做博士后的邀请，但她选择了留在韩国。她辗转供职于几所大学研究所，等到瑞希开始上学，终于在一家政府出资的研究所安定下来。

佳允叫在景“姨妈”。佳允从小就崇拜在景姨妈。她每次听到在景正在研究的系外行星的故事，都会激动不已。在景给她讲了很多惊奇的故事。宇宙中确实可能存在很多生活着其他生物的行星，不过至今尚未找到合适的方法前往。如果有一天，星际航行技术取得了飞跃式的发展，人类就可以探索系外行星，说不定还能在外星生活。若是如此，人类就要适应与现在不同的环境，可能会拥有不同的身体。佳允很喜欢一边聆听着在景的讲述，一边想象太空。在宇宙的另一端，会生活着和我们长得不同的生命体吗？在其他行星上，人类会以怎样的面貌生活呢？佳允追逐着这些疑问，整夜难眠。她涉猎各种科幻小说和太空歌剧题材的游戏，每周末和在景一起浏览宇航局的网站。佳允尤其喜欢每周上传的星云照片，在景会为她讲解在远宇宙新发现的星云的有趣而奇特之处。

佳允和在景十分投缘，瑞希却对物理学相当厌烦，对妈妈的工作也毫无兴趣。瑞希和性格比较现实的宥真更合拍。后来，瑞希与宥真的读书喜好也变得相似，还在书房共用过同一个书柜。

佳允曾经思考过，四个人怎么会如此形影不离？这可能并不是佳允一个人的想法。高中时期，瑞希也对佳允说过这样的话：“我们可能是彼此投错胎了。”

“是吗？所以才会住在一起吧！”

总之，瑞希和佳允以不同的方式爱着自己的妈妈和姨妈。两个人是亲姐妹一般的朋友，都觉得自己有两个妈妈。

这种不寻常的生活共同体维持了十多年。后来，瑞希比佳允先一步考上大学，开始独立生活，在景则因为研究所的派系纷争而考虑离职，情况这才发生了改变。

人类发现存在于地球之外的“隧道”，也是在这个时期。

隧道出现在火星附近。物理学家们发现位于火星轨道的不明天体时，本认为是观测设备出了问题。无人探测器接近天体拍摄的视频中，第一次出现了隧道的外观。隧道像是一个微型黑洞。实际上，隧道附近的物质看起来像是被吸进了隧道里。不过，世界各国分析了观测数据之后，得出了一个假设：这个隧道不是既有天体，也不是黑洞，而是某种新的存在，说不定与人类尚未探明的时空有关。

无人太空实验室来到了隧道附近，每天向隧道另一端传送不同的物质做实验。刚开始无法观测进入隧道的物质最终会如何，后来有人将量子纠缠通信系统应用于隧道穿越，改善了这个问题。

经过反复的实验之后，人们确认了一个事实：物质可以穿越隧道。不过，不是以原有形态。量子通信系统表明，物质完全丧失了原有形态，在只维持质量不变的情况下到达了宇宙某处。那么，物质会去向哪里呢？

科学家们全力研究实现物体维持原状穿越隧道的方法。最先获得成功的实验对象是压缩高分子立方体。不过，仅凭这一点很难找到隧道的用武之地。后续研究利用极端环境救灾机器人进行实验。机器人穿越隧道之后，摄像头已经破碎，勉强留下简短的量子通信信息之后便完全停止运转，但它探明了一个事实：隧道另一端存在“另一个宇宙”，也就是宇宙彼端。那个宇宙距离太阳系十分遥远，相当于宇宙的对面。

通过后续实验，研究组探明了穿越隧道的条件。进入隧道的瞬间，物体要承受巨大的重力加速度与压力。穿越隧道之后，几乎没有能够维持原状的实验物体，也是理所当然。科学家们发明了能够进入隧道的太空梭，但其体积与质量十分受限。情况并不简单，不过有人提议可以把输送到隧道另一端的设备制作成小型的可分离模块，传送之后再利用量子通信进行重组。随后，研究组首次向隧道另一端成功传送了小卫星的零件。尽管重组后的卫星很快停止了运转，但是一系列的研究带来了一线希望：人类也许可以到达宇宙彼端。

问题是，没有生命体穿越隧道的前例。穿越隧道需要承受巨大的压力与重力加速度，如果想要以现有技术水平制造一艘可以保护舱内生命体的太空梭，其体积和质量必然远远超出能够穿越的限制。隧道问题逐渐陷入困境，此时宇航局提出了新的设想：向宇宙彼端运送改造后的生命体，而不是现有的生命体。

迄今为止，用“普适性改造”来应对宇宙极端环境的想法只存在于小说的想象之中，从未真正实施过。因为没有哪一代人曾经离开地球，适应了另一个世界并生存下来。不过，启动这个后来正式命名为“赛博格锻造”的改造项目，并不是为了改造人体使之适应太空居住区或者其他行星，而是为了把人类送往宇宙彼端。在实验室里经过改造的果蝇、老鼠、鹦鹉、狗，全部成功穿越了隧道。宇航局认为，现在是时候运送人类了。

在景报名参加了首个改造航天员的项目，成功入选候补航天员，经过半年的训练和检验，正式成为一名航天员。

在景前往华盛顿总部参加最终训练之前，回了一趟韩国。时隔几个月，四人终于聚到一起，开了一场送别会。两个中年女性、一个刚成年和一个未成年的女性，每个人都知道这个奇怪的家庭组合或许不会再有齐聚的那天了。即使有，也会在非常遥远的未来。因此，那场送别会尤为热闹欢乐。佳允对在景姨妈说，一定要成为看到宇宙彼端的第一人，为全家增光添彩。

佳允也知道在景当选航天员引发了众多争议。不过，在景不怎么对佳允提及那些事，所以佳允后来听瑞希谈起那些细节时才会格外吃惊。

在景是资历优秀的首席研究员，也与宇航局合作过很多项目。除了前庭功能异常之外，没有太大的健康问题，也可以流畅使用执行国际任务时必备的语言。她甚至通过了那个以严苛著称的"堆栈思想"检验程序，其实这些已经足以证明她完全具备成为航天员的实力。但是，她不符合人们心目中完美而标准的航天员形象。

结果公布之后，一位相关人士在匿名采访中表示"我们必须考虑性别与人种的指标"，此举引发了更大的争议。对在景是否具备资格的质疑与指责接连不断，宇航局为此公开了在景在训练过程中展现卓越实力的部分文件。网络论坛上发布了各种语言的帖子，讨论究竟是在景真的具备实力，还是她在训练过程中的实力"改造"发挥了作用。

质疑不断袭来的同时，也不乏对在景的追捧与称赞。仅在成为航天员的那一年，在景便数十次当选各种团体评选的"年度女性"，接受了无数采访以鼓励、支持少女，还当选了资助未婚妈妈的国际活动的宣传大使，屡次受邀担当女性科学家会议的主要演讲者。

有人说，在景不足以代表人类。与此同时，也有人说在景是代表边缘人群飞向宇宙。在景作为代表的价值，既微小，又重大。

据瑞希后来回忆，在景那时接受了各种邀请，并在日程允许的情况下参加了所有的活动，但她也略显疲惫。

宇航局周密布局，隐瞒了在景姨妈最后的选择。当时，宇航局由于太空梭爆炸事故的影响，正受到全世界的指责。他们可能做出了如此判断：在这种情况下，如果再公开某个航天员没有执行飞行任务而是直接跳入了大海的事实，恐怕会招来致命性的打击。实际上，从全球直播太空梭发射场景的那个瞬间开始，到事故消息传来的最后一刻为止，大多数人都坚信舱内一共有三名航天员。

佳允得知真相几天之后，不知从何处也泄露了消息，爆出名为《航天员崔在景的惊天真相》的新闻。某家时事节目还想制作“崔在景丑闻”特辑，给瑞希和佳允打了几十个骚扰电话，后来可能是认为没有什么特别的信息值得挖掘，节目最终没有播出。

对此，佳允无话可说。在景逃走之前，是一个为人诚实、能力出众的航天员。在景参与的三次太空任务全部取得成功。其中有一次，空间站模块意外脱落，在景机智化解危机，拯救了组员，因此记了功。当然，有一个疑点是，在景原计划乘坐的那艘太空梭最终爆炸并导致了任务失败。不过佳允认为，就算在景可以预料那场事故，也不是那种会在前一天逃跑的人。在景是一个下定决心就会坚持到底的人。

总之，有人披露此事之后，对于在景的选择，迟来的指责铺天盖地。一些报道将登上太空梭并至死执行任务的两位航天员奉为“英雄”，并与胆怯逃跑的“背叛者”在景的人生进行了比较。本次事件在国外媒体中也掀起了波澜，不过攻击势头最猛的不是国外，而是国内舆论。他们极尽各种刻薄之词攻击在景——“浪费国库资金”“丢人现眼”“沦为国际耻辱”的女航天员。在景已经离开了，无法对这些攻击做出回应。

关于在景最终做出那个选择的原因，各种推测不断，还出了不少专栏与分析报道。大多数人推测，崔在景难以承受巨大的心理负担。在景是当时唯一的女性、亚洲人、未婚妈妈。人们认为，她带着这些醒目的特征成为人类代表，难以面对外界严苛的审判目光，不堪重负，最终选择了自杀。这些主张反复强调正确选拔生活环境稳定、身心健康的人作为人类代表的重要性，并得出了一个结论：“崔在景惨案”是用人不当所引发的“人祸”。

佳允是最好奇在景为什么做出那个选择的人，不过那些报道的推测都不像是真正原因。佳允在每一篇捕风捉影的新闻报道底部按下“愤怒”选项[①]，并且真切地感到了愤怒，直接把平板电脑扔到了床上。

在景的第二波传闻爆发时，佳允参与的“赛博格锻造”项目进入了起步阶段。

项目启动之后，佳允被分配到了华盛顿的住所。她心想，在景姨妈也在这样的房间里睡过觉吗？新住处比佳允以前住过的任何房间都要舒适。不过，房间太大了，一个人居住过于宽敞；环境也过于整洁，无端令人感到冷清。

医疗组为佳允说明了之后的日程安排。改造过程与在景经历的相似，只是时间缩短了，采用的设备与技术也更加先进。第一步是用纳米溶液取代体液，如果身体适应良好，就会把脆弱的内脏换成人工内脏，最后是更换皮肤和血管。医疗组用建模程序展示的赛博格化之后的佳允，看起来像是小学生也能描绘的科幻图画里的常见形象。实际操作中可以将皮肤调整至接近原肤色，所以不会有太大的违和感。不过，模拟形象看起来依然像是在宣告佳允即将成为与人类不同的存在。佳允盯着这个形象，感觉十

① 韩国网络新闻底部有五个供网友表达阅读感受的表情：喜欢、欣慰、悲伤、愤怒、期待后续。——译者注

分陌生。现在，佳允将要面临与在景姨妈同样的改造过程和训练，说不定也会产生与在景同样的苦恼，不过她还没有切实体会到。

佳允到达华盛顿的住处之后，瑞希给她邮寄了零食包裹。不过，开始注入纳米溶液之后，佳允就什么也吃不下了。医疗组说这是正常的副作用，没有提供什么帮助。瑞希打来视频电话，看到佳允苍白的面孔后略感意外，却也很快坦然接受了。

佳允和瑞希闲聊着一些琐事。佳允听瑞希讲了她最近转职到大学，正在适应日常变化的事情。由于瑞希对绝密的赛博格中心感到好奇，佳允为她说明了塞满过道的那些用途不明的奇怪设备。这时，佳允突然想到了一个问题——

“但是，在景姨妈为什么要自杀呢？”

“我不想把那称作‘自杀’。”瑞希果断地说，“如果那是一场‘自杀’，有很多地方非常奇怪。”

佳允也同意这种说法。疑点太多了。佳允问道：“瑞希姐从来没有疑惑过吗？在景姨妈真的是自己主动跳海的吗？会不会有其他人员介入，或者是一个什么大阴谋呢？也可能是意外身亡啊！你也知道，在景姨妈是一个既不会逃跑，也不会以那种方式死去的人。”

“我当然有过疑惑。”瑞希点点头，“宥真姨妈的立场不方便发声，所以当时由我负责向宇航局提出质疑。我发了疯似的质问负责人，还以透露给媒体相要挟，所以宇航局给我看了闭路监控拍摄到的妈妈的最后一刻。我曾疑惑过，既然都拍下了视频，那一瞬间却没有人过去拦住她，这究竟是为什么呢？可是看过视频之后，我无话可说了。”

“为什么？”

“那是一段海岸悬崖观景台的视频。妈妈出现在视频框的尽头，从那一瞬间开始，我就再也移不开眼睛。”瑞希的嗓音中没有一丝悲伤，“崔在景一刻也没有迟疑，像是关键暗杀计划的狙击弹迫不及待地射出一般，精准地跑向悬崖，精准地跳向大海。她的姿势令人震惊，像是一个跳远或跳水运动员。”

“……”

“那算什么自杀啊？谁会那样自杀呢？”瑞希冷笑道。

佳允听完这番话，理解了瑞希对在景的死亡无奈胜过悲伤的原因。

在景为什么在最后一刻去了大海，而不是宇宙呢？正如瑞希所说，认为她是因为不能承受心理压力而自杀，有点奇怪。

第二周，佳允收到了瑞希寄来的零食，以及在景留下的一沓笔记。上面有几处贴纸标记，似乎是瑞希留下的，佳允从中发现了一些值得注意的细节。

第一页是已知的隧道系统知识的笔记。比如，可以穿越隧道的最大体积、最大质量，需要承受的压力，以及经过改造提升的人体可以承受的隧道环境……

下一页还是笔记，不过内容不是关于隧道，而是关于深海。

佳允仔细看着那些运算公式，似乎突然想通了。那些公式推算的是经过“赛博格锻造”的人体是否可以在深海中生存。

持续注入了两个月特殊制造的纳米溶液后，佳允自己也能感觉到身体发生了明显的变化。与平时在住处休息或者处理文书相比，进行剧烈训练时反倒感觉身体更加轻盈。医疗组说，起初的设计目标就是身体改造后可以在极端环境中感觉更加轻松，所以这是改造顺利的表现。“普适性改造”项目的真正效果开始显现了。

佳允收到了新一轮强化训练计划的细录。她刚好看到了深海潜水训练。早在几十年前，航天员训练项目中便已包括适应无重力状态的中性浮力设施训练。不过，深海潜水只纳入了隧道航天员的训练之中。教练解释说，普通的失重水槽无法提供足够的压力，所以需要进行深海训练。

改造虽然还处于初期阶段，但是航天员们已经可以潜入人类潜水极限五倍深度之处。如果改造成功，据说还可以去往更深处。当然，深海只是为了模拟隧道穿越的极限环境，本身并非目的所在。

不过，潜入海底的时候，佳允感觉到了一种奇妙的自由。

如果人可以在海里感到自由，那这有什么理由不成为目的呢？突然，佳允想到了在景的最后选择。

在和瑞希的下一次通话中，佳允说出了自己的假设："我觉得，在景姨妈可能是想成为一条人鱼。"

"你说什么呢？训练太累了吗？"

瑞希现在似乎担心佳允胜过在景。但是，潜入深海的瞬间，发现新身体在极端环境中感觉更加轻松的瞬间，佳允体会到了一种不可思议的解脱感。佳允心想，如果在景也有过类似的经历，说不定她真正想要的不是进入隧道，而是重生为新人类，也就是"赛博格锻造"本身。

在景也曾经在采访中说过，人类的身体局限太多。姨妈是不是需要第二副身体呢？

从某个时刻开始，针对"污点航天员"崔在景的指责转向了佳允。

宇航局再次确认佳允和在景没有法律上的亲属关系后，就没有继续追究这个问题。不过，人们却对佳允和在景的关系紧咬不放——"你什么时候得知自己的姨妈做出了那个选择？你在报名时为什么没有交代？”“如何相信你不会像崔在景一样逃跑？为了担忧的国民，请立刻表一句决心。”

人们总能轻松找出在景与佳允的共同点。不论佳允在采访中做出什么回答，都会被过度解读为与在景拥有相似的不稳定情绪。只要她表露出一丁点袒护在景的意向，人们就会认为“那个航天员也打算像在景一样逃跑”。可能因为佳允说出口的每句话都会被抓住把柄，所以瑞希后来主动打电话对她说：“如果有人问你，你就说我妈是一个大逆不道的罪人，要和她划清界限，并保证自己不会那么做。我不会因为那些话而不开心的。”

“既然亲如一家人，为什么没能早点阻止她自杀呢？”“是不是明知真实原因，却又故意装糊涂呢？”在这些问题面前，佳允一概闭口不谈。这些问题无论怎么回答，都只会变得不堪。佳允心想，瑞希和宥真没有听到这些问题真是万幸。

“对姨妈来说，不去宇宙是否是一种解脱呢？”煎熬了一整个月之后，佳允在与瑞希的通话中提出了另一种假设。

佳允吃过这些苦头后，理解了在景那种放下一切、只想逃离的心境。她说这番话，并不是期望得到瑞希的赞同。然而，瑞希居然点了点头，说：“有那个可能，她那个人是有点任性。”

佳允再次想起了在景经历过的那些事：“这次在景姨妈的事情公开后，真是听尽了各种污言秽语。”

“是啊。”

“唉，确实该骂。”

“那倒是。”

“不过，如果不是姨妈，而是其他人这样做，人们也会说同样的话吗？”

在景已经销声匿迹，人们却在声讨其他与在景类似的弱者。他们说，所以有缺点的人不能身负重任，必须重新制定合格人类的标准。

不过，某些指责显然并不是在景的错。有些人的失败会危及其所属的整个团体，有些人的失败则不会。

“其实我也听到了在景姨妈当选航天员时听到的那些话。真的是咬牙坚持了下来。我本以为只要做得更好就可以了。但是，那么做了之后，听到的话还是一样。”佳允沉默了一会儿，开口继续说道，“姨妈说不定是在尝试一种摆脱那种束缚的方法。”

“可能是那样吧。”瑞希稍微歪起头，如此嘟囔了一句，随后闭上了嘴。那只是佳允和瑞希在那段时间做过的无数推测之一，并不能完全解释姨妈的选择。两个人再次陷入思考，在漫长的沉默之后，她们结束了那天的视频通话。

时光飞逝。佳允通过了最终测试。

在去往火星轨道的太空飞船发射一周之前，航天员们最后一次与亲友会面。隧道任务非常危险。就像第一次的尝试那样，有可能无法活着回来。宇航局提供的会客室环境优越，适合进行或许是最后一次的问候，却管制森严，只有获得会面资格的人才能出入。又不是进入刑场的死刑犯，会客室搞什么管制呢？虽然有点好笑，佳允却觉得这种做法可能也是在景留下的痕迹之一。

佳允在等待室里见到了瑞希。宥真没来参加会面，只给佳允发了消息，祝她顺利。佳允明白，妈妈在这项隧道任务启动之后失去了世界上最亲密的朋友，留下了心理创伤。佳允回复："我一定会平安回来。"

瑞希带来了佳允喜欢的巧克力。佳允表示巧克力属于禁食食物，不能吃，瑞希面露遗憾。瑞希说，她在妈妈执行任务之前非常紧张，没顾上带什么东西，所以不知道还有禁食这回事。不管怎样，当身体改造基本完成，就不能像以前那样享受美食了。成为赛博格的代价是失去各种感觉，味觉是其中之一。如此想来，在景从未谈起过这一点。宥真邮寄过很多零食，在景每次只是说非常好吃。

她们把巧克力推到一旁，开始聊些日常。她们对隧道避而不谈，就好像那些东西非常遥远，并且佳允必然很快就会返回地球一样。

会面时间快要结束时，瑞希说："我考虑了一下。"

"嗯？"

"我好像知道妈妈为什么那么做了。"瑞希云淡风轻地说道。

佳允笑了："你现在告诉我，不怕我也做出同样的选择吗？"

虽然只是一句玩笑话，瑞希却认真地摇了摇头："我确定你不会那样做，所以才打算现在告诉你。"

"那你说来听听吧。"佳允微微扬起下巴，并不期待会有一个惊人的答案，"在景姨妈为什么那么做呢？"

"有一次，妈妈醉酒后发了一段视频给我。她不断说自己非常辛苦，厌倦了人们对自己的期待和憎恶。我平时也经常听她这样说，所以只是听听而已，没太在意。但是，妈妈那天对我说：'我已经尽力了，对吧？'"

"什么尽力了啊？真正重要的事情根本没做。"

虽然这样说，但佳允知道在景姨妈其实真的做了很多。在景显然是一个太空英雄。她走遍世界，成功执行了几次太空任务，或许还改变了无数少女的人生。即使她最终做出了另一种选择，也不会就此扭转她改变过的那些人生轨迹。佳允便是证据之一。佳允曾经是一个仰视在景并憧憬宇宙的少女，现在成了在景的接班人。

瑞希似乎又想起了什么，笑了出来："话说回来，你知道她有一次怎么评价宇宙彼端吗？她说，非得花这么多钱去看吗？宇宙都是一样的。”

“这是用那些钱成为赛博格的航天员该说的话吗？”

“就是说啊。”

佳允摇摇头：“在景姨妈可能当初就没想过要穿越隧道吧。”

瑞希耸耸肩，说道：“是的。我想否认这一点，但是越想越觉得你的推测是对的。刚开始她就已经打算好量力而为，最后跳入大海。她想自己去看深海。太自私了。这个项目投入了那么多资金。”

说不定这是最接近真相的一个解释。两个人相视一笑。她们现在才明白，在景竟如此任性，这般性情不愧是之前认识的那个在景。她们不由自主地笑了。

“就算所有人都在指责她，我也做不到。”瑞希说。

佳允点点头：“我也是。”

那天晚上，佳允睁着眼睛，彻夜思考着。在景姨妈在深海中，最后到达自己四处寻找的目的地了吗？

想象在深海自由游弋的在景姨妈，比想象宇宙中的姨妈更加容易。潜入深海的在景姨妈，太过遥远、太不真实了，反倒可以在脑海中任意描绘。姨妈可能会用新安装的鳃呼吸，在黑暗之中跟随着微光游动。同时，尽情嘲笑陆地上发生的所有荒唐事。佳允心想，那里的无尽黑暗可能与宇宙相似，所以姨妈才会毫不犹豫地潜入深海。不过，佳允还有一个疑问：姨妈没有看到宇宙彼端，会略感遗憾吗？

* * *

装有光子推进器的飞船历时一周才到达火星。整整一周，航天员们都在观看从地球传送来的欢呼助威视频。人类的未来、宇宙的扩张，大量信息在飞船脱离大气层时奔涌而来。在失重状态下，这些宏大叙事压在肩上，佳允想起了当初没有登上前往火星轨道的飞船的在景姨妈。飞船接近火星轨道时，佳允看到了隧道附近的无人空间站。按照计划，他们会把飞船停泊在空间站，然后换乘太空梭，开始执行隧道穿越任务。

与之前在照片和视频里看到的样子相比，隧道从近处看起来毫不起眼。“隧道是通往其他宇宙的通道”，首次做出这个推论的天文学家们应该是一群数据至上的家伙，相信数字胜过亲眼所见。从表面看来，隧道毫无价值，只是宇宙中一个打通的黑窟窿。

在等待的一天中，佳允在观景室里看着隧道。其他航天员可能认为佳允陷入了感伤，轻轻拍了一下她的肩膀就走开了。其实，佳允在想其他事情。已经来到了这里，如果宇宙彼端真的没有什么特别之处，该怎么办呢？不过，那说不定是更好的结果呢？

在景姨妈对穿越隧道的重要机会不屑一顾："有必要去看吗？"然而，佳允坚决地重新找回了被在景轻视和放弃的机会，来到了这里。

佳允依然肩负地面上的人们所赋予的责任，却没有感觉到太大的压力。或许，这是因为在景已经带着所有的负担奔向了大海。

因为在景，佳允未能成为第一个潜入深海的赛博格。现在，佳允不再追赶在景的步伐，即将成为穿越隧道的第一人。

航天员们进入休眠舱后，调度员开始做简单说明。一切都按照之前模拟的进行，重要的是意识短暂丧失之后，想要醒过来的意志与强烈的精神力量。航天员们并不是完全的机械身体，无法避免进入隧道时的无意识状态。任务成功与否牵涉无数因素与状况，但最初恢复意识必须由航天员自主完成。睁开眼睛的瞬间，即可到达另一个宇宙。如果任务失败，就再也睁不开眼了。

调度员说："想着所爱之人的脸庞，会有所帮助。"

舱门关闭，液体从底部开始充满整个休眠舱。吸气与呼气，很快因为涌入肺部的纳米溶液而变得毫无意义。佳允已经经历了数百次，依然不习惯这种感觉，这种不是用肺部，而是用全身的血管呼吸的感觉。

佳允非常紧张，想要呕吐，现在却也做不到了。

想着所爱之人？佳允现在很想见到的人有三个。如果逐一念叨出她们的名字，一切应该就已经结束了。倒数开始，佳允的大脑因为紧张而变得一片空白。

下一秒，像电源关闭一样，佳允失去了所有感觉。

佳允在挤压着身体的液体压力中睁开眼睛。高黏度液体遮挡了视野，什么也看不见，液体涌向耳朵、鼻子与眼睛的感觉十分奇妙。她眨了五六次眼睛之后，终于想起来了。

欢呼与倒数还在继续。

现在……佳允已经穿越了隧道。

伴随着严重的眩晕，周围的风景也在不断旋转。

佳允伸出手，触摸地面，按下舱底的排液按钮，液体挤压的感觉慢慢涌动着，逐渐淡去，可以感觉到纳米溶液正在流出体外。

休眠舱打开了。佳允大口呼吸。她咳嗽着吐出苦味的液体。身旁封闭的休眠舱里可以看到闭眼躺着的两位航天员同事。佳允按下他们休眠舱上的“打开”按钮。伴随着嗡嗡的噪声，玻璃内的纳米溶液开始流动。

量子通信设备那头传来了滋滋的响声，还有询问飞船内部情况的声音。佳允伸出手，拿起依然在呼叫应答的量子通信设备。

“穿越成功了。”

佳允告知了成功穿越的消息，之后是一阵短暂的寂静。

显示灯亮过两次之后，通信设备那头传来一阵夹杂着噪声的欢呼声。

“开始确认情况。”

佳允把太空梭调到观景模式，舱壁收起，舱体尽头的观景台显露出来。越过黑色的六角形舷窗，佳允看到了新宇宙。那是隧道彼端的宇宙。佳允摇摇晃晃地抓住壁面上的把手，扶着壁面，走向观景台。

佳允看到了星星和分散的灰白星云。她本以为会看到更多的星星，但眼前的景色与已经看过无数次的宇宙也没有什么区别。

她似乎听到了在景的声音。“是的，我说过没必要去看嘛。”在景说得没错。说实话，这里的风景没有壮观到足以赌上性命。不过，佳允必须来到这个宇宙。她想看看这个宇宙。佳允站在观景台，在时间允许的范围内，慢慢把宇宙的景象收进视野。

如果将来的某一天，佳允可以再次见到自己的太空英雄，一定会告诉她，宇宙彼端的风景非常美丽。

朝圣者们为什么不再回来

순례자들은 왜 돌아오지 않는가

我们很幸福，
却对幸福的起源一无所知。

苏菲，我该从何谈起呢？

当你收到这封信时，我离开的消息应该已经传开了吧？大人们很生气吗？因为从来没有人像我这样在成年之前逃离村庄。可以替我转告他们吗？我依然深爱着他们，却也不后悔自己的决定。

你也很好奇我为什么会做出这个选择吧？

无论你是否相信，我此刻正要去往“发源地”。没错，正是我们前去朝圣的那个地方。我眼前浮现出你用尖刻的语气指责我的样子。“反正很快就要启程了，为什么要先行一步惹是生非呢？”我刚才惟妙惟肖地模仿了你的语气，可惜你听不到。

说一说朝圣吧。我现在即使闭上眼睛，脑海中也能浮现出成年礼的场景。你应该也一样吧？因为我们每年都会一路随行。十八岁的朝圣者们打扮成发源地的风格，聚集在村庄广场，那场景真是既陌生又有趣。朝圣者每人接过一个小金属块——大人们叮嘱他们千万不能离身——沿着我们事先撒过鲜花与宝石粉末的路，一直走向出发地点。我们在那条路上向他们挥手告别，心怀向往与不舍，同时又夹杂着几分嫉妒。长长的队伍尽头，有一艘破得嘎吱作响的飞船敞着门等候在那里。

至于那艘飞船，回想起来，从来没有人对我们讲过那台奇怪的机器如何运转，所以我们也只能听大人的话，相信它没有什么问题。当然了，朝圣仪式上从来没有哪位成员面露恐慌之色，因为在成年过程中对这样一台破旧不堪的机器感到恐惧是十分丢脸的嘛。

大人们总是不让我们看到飞船离开的瞬间。你也记得吧？我们站在即将离去的朝圣者们面前，逐一和他们握手，与他们贴面告别，随后大人们会让我们每人喝一口散发着奇妙香气的饮料。学校的老师曾经向我们说明过那种饮料的意义，说是为了让我们分担朝圣者们未来一年间在旅途中即将面临的苦难与纷扰。还有的大人搪塞道，那只是一种纪念成年礼的酒。可我以前偷偷喝过酒，知道那种饮料不是酒。喝下那种饮料之后，我们会头晕，并短暂失忆。

五到十分钟后，等我们清醒过来，飞船早已离去。

整整一年之后，朝圣者们像是约好了一般，在同一天的同一时间，乘坐着同一艘飞船归来。他们如英雄般踏着回归之路进入村庄，终于成为一个得到认可的大人。不过，回来的人总比离开的人要少。在回归者队伍里，有些与我关系亲密的哥哥姐姐经常不再出现，奇怪的是他们的名字很快就会在村庄里被“遗忘”。

遗忘。这是我对朝圣仪式的第一个疑问。如果我没有写日记的习惯，应该也已经忘记了那些没有回来的人。每年朝圣仪式结束之后，我回到家都会用指尖触摸着在日记本上写下的那个疑问，反复思索。苏菲，我觉得说不定你也曾和我有过同样的疑问，被那一口也许是忘却之药的饮料所清除了的疑问。

为什么有的朝圣者不再回来呢？

这封信便是对那个疑问的解答，同时也可以解释我为什么要去往发源地。读完这封信，你也会理解我的。

好，该谈谈那件事了。

关于去年春天的回归之日。

那天天气很好，像是在迎接朝圣者们的凯旋。几天前尚在寒流中瑟瑟发抖的花儿也应景盛开。苏菲，那天你是跟着造香师走了吗？我们分开了一整天呢。我被选为花童代表，为朝圣者们扎花束去了。这可以说是对我花艺能力的认可，我记得自己十分激动。那时风中弥漫着阵阵香气，不知道哪一种才是你的大作，但那真的很棒。

晴空万里无云，微风一路散播着鲜花与香水的香气。不知不觉间，飞船已经抵达，回归者们下船沿着沙路走来。

我们花童头戴迎接回归者的饰品，提前分区站好。我们和大人们都知道，回归者通常不足离开者的一半，不过花束总是按照离开的人数准备。这一次，等到所有的回归者下了飞船，到达路的尽头时，花束又剩下了大半。我把剩下的花束拿给大人们看，他们似乎认为这十分正常，只吩咐我将花束收进小屋，用作装饰回归的最后一个环节——见面仪式。可是，为什么从未有人提起花束剩下大半意味着什么呢？

回归日之前，我曾经问过老师："朝圣者们是不是在发源地遇到危险了？发生了什么可怕的事情吗？所以他们回不来了吗？"老师像是听到了什么既可爱又有趣的故事似的，笑着给出一个令人似懂非懂的答复："黛西，那怎么可能呢？朝圣者们只是在那里做出了选择而已，没有人强迫他们。"老师的意思是说没有危险吗？虽然这种说法并不可信，但是老师的笑容十分灿烂，却又带点悲伤，所以我没有继续追问下去。

回归者们大多表情明朗。他们向分别已久的老师们展颜欢笑，送上问候，还有的回归者会紧紧抱着我们，诉说思念之情。他们的体格明明与我们相差无几，却出乎意料地有种长大成人了的感觉呢。

村庄里的大人们带领回归者们进入小屋。我们小孩子收下满满的零食大礼，就要赶快离开。因为在踏上朝圣之路以前，不可以听到关于发源地的故事。我是花童代表，在现场帮忙所以留到了最后，直到大人们眼神示意，我才不得不离开。

我推开门，走出小屋。周围似乎空无一人。我正打算返回村庄中心地区，恰好看到一只小松鼠在树木之间跳来跳去。我的目光追随着小松鼠，落在了小屋后。

地上丢着一束花，我一眼便认出那是我扎的。我的诚意之作，居然被人丢弃在这里。我很难过，想捡起来带回去摆在家里……

我看到了一个男人。花束正是这个男人的。

他正在哭泣。

男人看到我走近，吓得站了起来。不知道这样说是否合适，不过这是我第一次在村庄里看到有人表情如此凄惨而绝望。他一脸悲伤，仿佛失去了一切。该怎么描述呢？我知道这种感情是存在的……却总觉得它只存在于书本里。

“出了什么事吗？需要帮助吗？”

他摇摇头，留意打量了我一番，似乎认出了我是刚才给他献花的花童。他手里拿着一件陌生物品，那似乎是来自村庄外的什么仪器。他见我紧盯着那件物品，吓得将它藏到了身后。

“那是什么？”

“总有一天，你也会知道的。”

“你是为那个东西伤心吗？”

“我是因为在发源地丢了东西而伤心。”

“丢了什么？”

他没有作答。我知道，继续追问下去也没有什么用。他双眼红肿，起身跑进小屋后的树林，消失得无影无踪。

我回到村庄，问孩子们是否认识今年的回归者。那个男人是谁呢？回来的有哪些人，没回来的又有哪些人呢？他丢了什么呢？他说丢了“东西”，会不会弄丢的不是东西而是人呢？“丢了东西”，会不会是指没回来的某个人呢？

我当时也问你了吗？

村庄有个禁忌，去朝圣之前不允许猜测发源地的事情，因此我们完全不知道朝圣者们会在那里经历什么。只有我和极少数孩子曾经小心翼翼地推测过，有的朝圣者不再回来，会不会是因为在发源地发生了什么悲剧。不过，大多数人并不这样认为。你可能也是其中之一。我记得你曾经说过：“如果朝圣真的很危险，为什么还要我们去呢？”

听到那句话，我也下意识地点了点头。不过现在回想起来，我当时并没有真的认同你的说法。我只是不愿想象外面有一个十分可怕的地方，而大人们要把我们送去那里。

我曾经读过人类旧时代的成年礼资料。那本书对历史上不同地方、不同形式的成年礼进行了比较，其中也包括我们村庄这种将成年的少男少女送去远方的习俗。他们以严酷的考验来证明孩子已经长大成人，比如要求他们独自擒获猛兽，或者在锋利的刀刃上行走。只有在严格的考验中存活下来的人，才是公认的合格的成年人。我曾经以为那些风俗只不过是体现了过去的野蛮，但那时我才明白，说不定那正是成年礼所蕴含的考验性。

从那时起，以前从来没有考虑过的疑问如潮水般涌进我的脑海。

为什么书本里的世界有纷扰，有苦难，有战争，我们的村庄却如此安宁呢？

为什么村庄里的大人这么少，孩子这么多？

为什么离开的朝圣者们有的不再回来？

为什么那个男人像失去了全世界一样泪流满面？

苏菲，你记得吗？我们那时在学校上课，昏昏欲睡地听着老师讲解发源地的历史。聪明伶俐的奥斯卡提出了一个问题："老师，为什么我们没有历史？"

老师笑着答道："我们怎么会没有历史？你们不是都知道这个村庄的创造者，莉莉和奥莉芙的故事吗？她们将这个美丽的村庄传给我们，教会我们诗与歌，还有庆典。"

“可是，那比发源地的历史短暂、空洞得多呀！”

“奥斯卡，长大后一切都会明了的。你要学会等待。”

说来惭愧，在奥斯卡提出那个问题之前，我从来没有思考过我们的历史。难道只有日常生活出现裂缝的人，才会发掘世界的真相吗？对我来说，与那个哭泣的男人的相遇就是一种明显的裂缝。随后，我产生了一个令人震惊的想法：我们很幸福，却对幸福的起源一无所知。

苏菲，你听说过关于后院的传闻吗？学校后院有一个全是禁书的图书馆。你也可以亲自去确认一下。那里看起来就是一个普通的院子，种满了高大的花，遮挡了视线，很难看出其中有什么可疑的地方。

可是，如果你留意观察院子，就会发现一个方形的花坛，里面种着一些硬邦邦的怪花。我观察了很久才发现，那些花在风中一动不动。走近一点伸手触摸，还有种酸麻的感觉沿着胳膊传来，真的非常让人吃惊。

那个传闻并非其他，正是关于守护后院的门吏。如果想要在后院说点什么，墙上就会突然发出一阵嘈杂的声音，驱赶入侵者。我曾经听说过村庄里那个巨大的隐秘禁书区，因此十分确定门吏守护的其实并不是后院，而是禁书区。

想要靠近那里，必须要有耐心。为了博取门吏的欢心，我连续十天去后院照看那些花。还好我是花童，很了解花的习性。很显然，门吏在某处注视着我，但他始终沉默着。

当我感觉此刻的后院应是十年来最美的时候，我才终于鼓起了勇气。

我站在花坛前，主动开口攀谈："门吏，你在吗？"

空中传来说话声："你是谁？"

"我是住在村庄里的黛西。"

"参加过朝圣仪式了吗？"

"还没有。我正在找禁书区。"

"这里不允许小孩进来。"

"我想知道世界的真相。"

"世界的真相不在这里。"

"可是它会告诉我该去什么地方寻找真相吧。可以通融一次吗？我实在是太好奇了，整夜睡不好觉。"

面对门吏恐怖的声音，说一点都不害怕那是假的。不过我没有胡说，因为我真的每天晚上都在猜测世界的真相，难以入睡。

门吏犹豫了很久。十分钟，不对，是一个小时，或是更久一些？我静静地等待着门吏的决定。很久之后，我听到了哐啷的一声。

门吏说:“你和我认识的某个孩子很像。”

花坛后面的那面墙突然散发出一种非同寻常的光芒。那是……通向书架的门。我向隐形的门吏深深鞠躬致谢,走向书架。

禁书区的书架很窄,霉味阵阵。阳光照不进来,十分昏暗。过去几年间都没有人来过吗?书架落满了灰尘,书籍也轻薄小巧得出奇。

“这是书吗?”我喃喃自语。

我在书架上找到了莉莉和奥莉芙的名字。莉莉、奥莉芙,她们建立了村庄,发起了朝圣仪式,是受所有人称颂与尊敬的创造者。

那里有奥莉芙的记录。

我从书架上抽出一本又小又薄的书展开,瞬间明白了那并不是真正的书。展开的书页上散发出耀眼的光芒,在空中描绘出一幅图画,和禁书区大门出现的方式一模一样。

那是被禁止的、属于发源地的技术。

展开的图画上有一个女人,与我四目相对。

啊,我认识她。奥莉芙。村庄的历史。不过,她并不是我以前在肖像画上看到的年老的模样。奥莉芙看起来很年轻,跟刚刚结束朝圣的回归者们相差无几。

2170.10.2

画面上叠现出一组数字。

我们为什么来到了这里?

文字开始闪动。

奥莉芙身后的风景扭曲起来,发生了变化。那里看起来十分遥远……不像是这里存在的世界。奥莉芙把手腕上戴着的仪器靠近嘴边,开始平静地讲述,像是要留下什么记录。

“莉莉太爱我了,所以创造了这座城市。我在一年前得知了这个事实。”

* * *

“我正在找莉莉·杜德娜。”

自然历史博物馆信息窗口的男职员转头看向声音传来之处。有个女人站在大厅那尊巨大的大象模型下方。

女人戴着兜帽,遮住半张脸,脸上有一块挺大的疤痕,看起来像是烧伤。那块斑驳的皮肤十分丑陋,男职员不禁皱了皱眉头,却又很快若无其事地从座位上站了起来。

“你怎么进来的?”

“从入口。”

“博物馆应该已经关门了,参观时间结束了。”

当时是晚上七点，已经过了允许游客参观的时间。女人呆呆地望着男职员，像是没有理解他的意思。男职员有点不耐烦。之前明明吩咐过要检查所有出入口，看来新来的门卫又疏忽了。不过就算有门没关，外面应该也放着天鹅绒隔离杆，难道她无视那些闯了进来？

女人问："哪里可以找到莉莉·杜德娜的信息？"

不知不觉间，女人已经接近窗口，男职员打量着她的脸。

"喂，你叫什么名字？"

"奥莉芙。"

"奥莉芙女士，博物馆现在闭馆了。所有人都得离开这里。很遗憾，没有例外。请明天再来吧！"

男职员边说边在心里感叹自己真是表现得耐心而亲切。不过，女人看起来对此毫无反应，她轻轻皱了皱鼻子，说："总之，这里有莉莉·杜德娜的信息对吧？"

男职员看着眼前这个不听劝的女人，有点恼火。

"当然有了。不了解莉莉·杜德娜的人，是无法在这个博物馆工作的。明天天亮之后，上午十点整，你去二楼新人类馆看一看吧。那个女人的资料够你看上一整天。"

男职员感觉自己的声音变得有些神经质。他在这里工作了十年，第一次看到有人如此执着地寻找杜德娜。在男职员的坚持下，女人虽然一副不情愿的表情，却也只能无奈地转身离开。

男职员通过监控画面确认女人真的出去之后，才重新坐回座位。如果不是今天还有材料没交，他一定会亲自把女人赶出去。

伴随着夜色的降临，男职员被一股极度不安的感觉所笼罩。他后知后觉地想，刚才真不该就那样把女人放走，至少得警告她一下。

自己刚才说的是新人类馆吗？

男职员来到二楼新人类馆。他紧张地开了灯，馆里当然空无一人。保安系统也没有报告任何问题，没有发现任何人的入侵痕迹。男职员满意地在馆内转了一圈，走出展馆。

不，是打算走出展馆。

男职员发现了什么，表情瞬间僵住。

收藏于展馆的莉莉・杜德娜的研究笔记不翼而飞。

奥莉芙到达的第一个地方是沙漠中心。飞船在内置程序重复提醒了半天“无法接近东部”，然后撞向西部荒漠，成了一个无法启动的铁疙瘩。奥莉芙不知道该怎么给飞船充电，好不容易才取出了翻译器和字典。

正如门吏所说，毫无计划地到访地球是一种冲动之举。奥莉芙一心探索村庄真相以及母亲“莉莉”的过去，然而仅凭这一腔抱负恐怕难以在此存活。抵达地球的第一天，她便彻底明白了这一点。奥莉芙在沙漠中走了很久，若不是发现了莫哈韦沙漠中唯一的城市伊塔沙，恐怕不出一个星期她就会饿死，根本别谈什么探索真相了。

在这座城市里，奥莉芙的装扮很惹眼。市民们穿着贴身的塑料材质套装，这种衣服到了晚上就会变得五彩斑斓。和他们比起来，奥莉芙显得衣衫褴褛，与城外看到的少年们的处境相差无几。少年们身披破布，以掏游客的口袋为生。他们瞟了一眼奥莉芙的着装，或许是觉得没有什么可掏的，很快便转移了视线。

住处也不好找。离开村庄之前，奥莉芙曾听门吏说，识别卡已经处理过，在地球可以直接使用。不过，问题似乎不在识别卡，而在其他地方。人们对待奥莉芙就像是对待街边的垃圾。

来到城市的第三天，奥莉芙终于搞清了其中缘由。她在城市各个角落寻找关于地球与村庄的线索，却发现翻译器不能正常工作，这令她陷入了绝望。这时，一位老人问她："姑娘，你的脸怎么了？"

"嗯？"

老人看过来的那种眼神，奥莉芙在村庄里从未见过。虽然并没有带着威胁，但奥莉芙不喜欢。他应该是在询问奥莉芙脸上的疤痕。奥莉芙微微一笑，说："我出生时就是这样。"

“真遗憾。”

“遗憾什么？”

听了奥莉芙的反问，老人满脸同情：“你没做手术吗？胎儿手术。这么大的缺陷，肯定能筛查出来的呀。”

奥莉芙怀疑翻译器失灵了，因为她完全听不懂老人的话。

“什么是胎儿手术？”

老人遗憾地叹了口气：“抱歉，是我多嘴。”

老人说完，在口袋里翻找，拿出一个什么东西。

“伊塔沙的生活并不容易。年纪轻轻的姑娘，脸怎么会是这副样子……”

老人啧啧两声，递给奥莉芙一个东西，正是门吏所说的“信用芯片”。奥莉芙不想接，老人却强行塞进她的手里，随后快步离去。

奥莉芙心里十分不痛快，却又很难解释是什么原因。她在村庄里从未有过这种经历。

总之，现在可以确定的是，地球人觉得奥莉芙很另类，而奥莉芙脸上那块大面积的疤痕便是原因之一。

奥莉芙待在城外，渐渐熟悉了这里的生态环境。城外有很多和奥莉芙差不多的人。他们虽然脸上没有大块的疤痕，却也多少有点类似的特征。他们自称“非改造人”。在奥莉芙看来，他们并没有任何问题，那些非改造人却认为自身有问题。他们有的认为自己智商低下，有的认为自己相貌丑陋，有的认为自己身材矮小，有的认为自己身患疾病。

按照他们的分类标准，奥莉芙也属于非改造人。

奥莉芙可以在城外找到一些杂活。市中心是游客们热衷的繁华之地，每天晚上都会举行各种演出和聚会。城外的人们夜以继日地工作着，生产物资食品以供应市中心。在市中心，没人愿意雇佣奥莉芙。她在城外找到了几份比机器人薪资更低廉的工作。

翻译器花了一段时间来适应地球语言。门吏只说“这是一百年前的语言，可能会略有不同”，却没说差别会如此之大。翻译器在地球很常见，不过可能是因为说话语气过于老土，奥莉芙每次开口，人们总是爆笑或者皱起眉头。

还没到两个月，奥莉芙已经开始想念村庄。这里根本没有她想寻找的真相。门吏为什么说答案在这里呢？

到了晚上，奥莉芙便去往人流聚集的酒馆。那里充斥着很多以前在村庄时难以想象的玩笑。奥莉芙经常趁机加入他们的对话，问他们是否认识“莉莉”。大多数人都是一副傲慢无礼的样子：“莉莉？我认识二十个叫莉莉的呢，你是指哪一个？”还有的人直接无视她。“莉莉”在地球上是个很常见的名字，人们似乎认为奥莉芙的脑子有点不正常。

在第三家店里，奥莉芙遇见了德尔菲。德尔菲是这家酒馆鸡尾酒吧台的资深调酒师，教奥莉芙做一些简单的帮厨工作。德尔菲力大无比，性格暴躁。如果有客人捣乱，她就会毫不犹豫地拔枪威胁。不过，据说她上一次开枪已是几年前的事了。那当然是因为在拔枪的德尔菲面前，没有人敢继续闹事。她管理机器人也很在行，虽然不是雇主，酒馆周边的机器人却很听她的话。偶尔会有附近的店主因为机器人不听指挥而难堪地跑来求助，德尔菲嘴上发着牢骚，却准能在几分钟之内让机器人恢复正常。

不过，奥莉芙被德尔菲吸引的理由并不在此。德尔菲有点与众不同。在伊塔沙，她是唯一一个不认为奥莉芙可怕的人。

奥莉芙来到地球之后，受到了太多令人不适的关注。那种视线或轻蔑，或怜悯。到底出了什么问题？奥莉芙无法理解。只有德尔菲告诉奥莉芙，她也一样无法理解出了什么问题。

有一天，奥莉芙差点被客人毫无理由地扇了耳光。德尔菲十分愤怒，把客人赶了出去，又在门口破口大骂："再来就弄死你！"不过，当她关上门转过身来，表情十分悲伤。

"大家都太愚蠢了，没有什么拿得出手的本事才会这样。可是世界变成这副样子也不是我们的错，只骂他们有点不好。"

“那么世界变成这个样子是谁的错呢？”

奥莉芙真的很好奇，为什么地球和村庄如此不同？德尔菲擦着玻璃杯，耸了耸肩。

“难说。或许是一百年前出现并创造新人类的那群黑客？喂，奥莉芙，你到底来自哪里，为什么会问这种问题？这可是常识中的常识啊。”

奥莉芙无以作答，闭上了嘴。应该如何向地球人解释“村庄”的事呢？德尔菲看到奥莉芙为难的样子，似乎觉得很有趣，笑着说：“一会儿下班后，如果你凌晨有时间就再来店里一趟，快打烊的时候最好。”

奥莉芙猜不到德尔菲到底想要说什么。凌晨，她紧张地来到店里，看到德尔菲独自在空荡荡的酒馆里弹钢琴。店里的这架钢琴以前经常用于嘉宾表演，近来却落满了灰尘，发出的声音比村庄里的那架还要拙劣，像是年久失修的旧货。

不过，在德尔菲的演奏下，钢琴发出了不一样的声音。她像是一位天生的演奏者，双手在键盘上自由飞舞。

“喜欢吗？”

奥莉芙满心欢喜地点了点头。这和她在村庄里听到的音乐完全不同，因而感觉更美。

德尔菲说自己是一个失败的改造人。父母想让女儿成为一个成功的音乐家，完成他们未能实现的梦想。不过，德尔菲的父母没有经济能力支付巨款进行基因手术。最后，可以接受以低廉的价格进行手术的黑客成功地改造了德尔菲的胚胎，赋予了她丰富的艺术才能，却也引发了其他的胎儿问题与性格缺陷。

德尔菲十六七岁时离家出走，来到西部接受了基因指纹改造手术，长期对她严加管教与控制的父母再也找不到她。由于庸医手术的副作用，她的一侧耳朵几乎聋了。

“你竟然这么粗暴？太不可思议了。”

“也是，老板总抱怨我只对你温柔。”

奥莉芙听了这句话，脸红起来。德尔菲嚼着糖块，问她：“你每个白天都去图书馆，到底在找什么？我在伊塔沙第一次见到这么爱学习的女人。话都说不利索，书读得懂吗？那个怪异的机器在帮你吗？”

“我……”奥莉芙打算坦白，却又停了下来，耸耸肩说道，“只是散散步而已，我喜欢图书馆里的书香。”

德尔菲看起来并不相信，却也没有继续追问下去。

奥莉芙现在已经能够独立使用当地语言，不过找资料时依然离不开翻译器。关于莉莉的调查毫无进展。奥莉芙有时会想放弃一切，想办法返回村庄。奇怪的是，每当她产生这种想法时，便会忍不住念起德尔菲的名字。

伊塔沙是固守分离主义政策的城市之一。市中心属于改造人，城外属于非改造人，界限分明。市中心华丽、整洁、美好；城外则是被遗弃者的世界，时常发生纠纷与争执。

有一天，酒馆正准备关门，一伙中年男人闯了进来。德尔菲表示已经打烊，他们立刻嘟嘟囔囔地转身准备离去，除了其中某个男人。男人看到奥莉芙，向她走了过来，像是寻到了什么趣事。

他嘻嘻笑着，把胳膊搭在了奥莉芙的肩膀上。

“我认识这个女人。是她吧？那个疯女人。”

德尔菲皱着眉头望向这边。奥莉芙不禁有些焦急。

“没错，我在其他酒馆里经常见到你。听说你很奇怪，正在心急如焚地寻找一个叫莉莉的女人？她是你的旧爱吗？莉莉眼瞎了吗？看来她口味挺重呀！你脸上的这个……真够恐怖的。”

男人咯咯笑着，比画着带侮辱意味的手势。奥莉芙更在意站在男人身后的德尔菲。她虽然确实在其他酒馆打听过莉莉的事，却不想让德尔菲知道。她担心引起一些不必要的误会。

一行人嬉皮笑脸地袖手旁观，任由男人调侃奥莉芙。奥莉芙双唇紧闭。

不知什么时候，德尔菲拿起一把利器指着那男人。

“出去。”

男人讥笑着，想要夺过利器，但德尔菲动作更快。男人的小臂被利刃轻轻划了一下，渗出血迹。站在他身后的另一个男人威胁道："你们怎么能这样对待顾客？我要报警！"

德尔菲毫不示弱："这里是非改造人区，警察会来吗？滚！"

德尔菲亮出刀刃，朝门口方向抬了抬下巴。男人们表情狰狞，却也转身离去了。

门关上后，德尔菲沉默不语。奥莉芙快要哭出来了。

"别把刚才那些男人的话放在心上。莉莉绝对不是……"

"我……认识你要找的那个'莉莉'。"

德尔菲的回答出乎意料，奥莉芙一时不知所措。

"怎么会？"

"这个嘛，不知道西部的蠢货们是怎样的，反正我接受过正规教育。上过大学的人不可能不知道她啊！不过，我没想到你真的在找那个莉莉·杜德娜。因为我们一般叫她'迪恩'。"

奥莉芙不知道莉莉姓杜德娜。不过，此刻她凭直觉猜到了。德尔菲所说的"莉莉"，正是她一直在寻找的那个莉莉。

"你和莉莉·杜德娜是什么关系？"德尔菲问道。

奥莉芙想起了门吏的话。门吏嘱咐过奥莉芙，在地球上千万不要暴露和莉莉的关系。

"只是因为我个人对她比较感兴趣，正在做调查。我和她不熟。”

德尔菲摇了摇头：“你这么说也没用的，奥莉芙。那个莉莉的脸上也有一块和你一样的疤痕。”

奥莉芙的表情僵住了。

德尔菲看着奥莉芙的脸。不，她看的是奥莉芙脸上的疤痕。在奥莉芙的记忆中，这是德尔菲第一次当面提及她的疤痕。

“我本以为只是偶然。可是刚才听说你在四处寻找莉莉·杜德娜，我便确信无疑了。杜德娜是你的祖先吗？她应该比你的太祖奶奶辈分还要高，你恐怕不曾亲眼见过她吧。”

“不，我只是……”奥莉芙正想回答，却注意到一个奇怪的地方，于是反问道，“你为什么觉得莉莉是很久之前的人？”

“我又不傻。”德尔菲耸耸肩，“莉莉·杜德娜是一百多年前的人物，正是她创造了这个噩梦般的世界。”

* * *

以下是奥莉芙的语音记录。

二〇三五年，莉莉·杜德娜出生于哥伦比亚的波哥大。七岁那年，她跟随家人移居波士顿。莉莉听着在生物工程学界声名远扬的科学家亲戚的故事长大，也发掘了与之相关的兴趣与才能。她成长为顶尖科学家的过程十分顺利。她毕业于麻省理工学院，取得了博士学位，快速积累着实践经验。然而某一天，她突然放弃所有，失踪了。

当时正赶上生物黑客团体正式开始活动。随着简易基因编辑技术的推广，以及地球上几乎所有物种的基因组知识与“迷你实验室”的普及，任何人只要稍微懂点知识即可在家建立实验室，制造基因重组生物体。大多数人惨遭失败，却也有人凭借对基因组的直觉和知识，成功解开了连企业都尚未攻克的基因之谜。其中一部分是自由生物黑客，他们备受众多企业青睐，却依然坚持独立实验。

莉莉·杜德娜以匿名自由黑客“迪恩”的身份再次出现了。有传闻称，在波士顿某处有一个提供人类胚胎设计业务的黑客。起初根本无人相信。因为随着基因编辑技术的发展，也曾有人尝试过人类胚胎设计，却大多以失败告终。

然而，这个叫迪恩的匿名黑客完美实现了人类胚胎设计。迪恩在支付得起巨额费用的富人阶层中名声大噪。她与其他黑客使用同样的工具，却不像其他黑客那样止步于设计“蓝图”。迪恩的干涉范围包括培育过程和之后的步骤。她在人造子宫里培育合约胎儿，通过器械和机器人养育新生儿。刚好六个月之后，怀抱婴儿的保育机器人和基因检测材料将会一起送达委托人的家门口。

生物黑客们推测，迪恩的人类胚胎设计之所以能够取得成功，是因为完美控制了培育过程与表观遗传变异。黑客们试着模仿迪恩，也曾试图入侵她的小研究室和人造子宫培育室，然而其中大多数人根本寻不到迪恩的半点蛛丝马迹。不过，有的黑客通过迪恩的客户透露出来的信息，开始学习她的方法。

真相逐渐浮出水面，迪恩的真实身份其实是莉莉·杜德娜。不过，迪恩为什么要这么做呢？她毕业于一流大学，是一位前途无量的科学家，为什么会突然成为一个非法的生物黑客呢？答案无人知晓，只有无数的推测而已。

迪恩出现在波士顿大约五年后，人类胚胎技术风靡全美国。市面上出现了不少手术失败导致的恐怖畸形儿。毕竟其他人的实力都不及迪恩。根据《人类胚胎设计禁止法案》，迪恩上了通缉名单。她不断搬家，设立新研究室，持续接单。据说有几千、几万名婴儿出自莉莉之手，传闻绝非夸张。

随着人类胚胎技术的普及，有人秘密组织生物黑客成立胚胎设计公司。尽管如此，依然有许多黑客未被收买，其中迪恩的存在起到了一定的作用。她在线发布了自己的研究结果。黑客们独立研究的“基因积木”技术也得到共享，基因组合变得像拼装乐高积木一样简单。被设计的孩子越来越多，简直可以组成一代人了。人们将这些设计出来的美丽多才、无病无患、长命百岁的孩子统称为“新人类”。加利福尼亚大地震摧毁了西部的多个城市，未能以新人类身份出生的那些非改造人被赶往西部。东部都市在灾难之后依然坚如磐石，成为大多数改造人的据点。

这一切的始作俑者迪恩，也就是莉莉·杜德娜，在某一天突然失踪了。

她消失于迪恩开始生物黑客活动二十年之后，估测年龄在四十五岁左右。也曾有人怀疑，迪恩是不是被反人类胚胎设计团体买凶杀害，或者已被联邦政府秘密逮捕。然而，任何文件中都没有留下关于迪恩最后行踪的线索。

我最爱的莉莉，居然是这个地狱的创造者。我想立刻返回村庄，责问莉莉。莉莉当时已经进入了永久的冬眠，我很想扯住封冻的她的领口泄愤。

不过，我在地球上还有其他事情需要调查。

这份资料便是事件的后续，关于莉莉·杜德娜为什么突然在波士顿失踪，为什么来到了“村庄”的故事。

我四处寻找莉莉在最后一刻留下的资料。德尔菲全程陪伴着我。

我跑遍了莉莉主要活动的东部地区，终于找到了收藏于史密森尼国家自然历史博物馆的一份资料。那是莉莉失踪之前留下的笔记。笔记以一种无法理解的非英语语言写成，看起来像是闲暇时的乱涂乱画。研究者们认为那本笔记只是简单的涂鸦，未把它当作一本记录认真对待，因此只作为展品供游客欣赏。为了确保安全，莉莉使用了自己发明的全新字母表，故意用手写记录而非存下数据文件。我们的村庄也使用这种文字，因此我可以轻松解读莉莉的记录。

那既是莉莉从地球消失之前留下的最后记录，也是一份关于混乱与痛苦的记录。

莉莉似乎憎恶自己的生活很久了。莉莉和我一样，脸上有一块永远无法清除的丑陋疤痕，这是一种遗传病。对于在村庄长大的人们来说，莉莉的疤痕只是一个特征，并无任何特殊含义。可是在地球人看来，这就成了一个可以尽情轻视和嫌弃莉莉的烙印。移民者的女儿，相貌丑陋，性格阴郁，弱不禁风。莉莉年轻时从未和任何人正常交往过。

莉莉认为自己是一个怪物般的存在，让带着疾病的她降生是父母的错误决定。莉莉的父母很贫困，根本没有接受过医院建议的遗传病筛查。筛查未必真的可以发现异常，但莉莉认为所有的问题都出在父母决定生下自己的那个瞬间。

关于涉足人类胚胎设计的契机，莉莉并未做出详细的记录。不过，我可以猜到其中缘由。莉莉相信，自己赋予新生儿一个没有疾病、只有优点的美好人生是一种力所能及的善举。尽管她的胚胎设计研究最终只是将世界一分为二，但在某个时刻到来之前，她从未怀疑过自己。她相信自己的所作所为是为了建立一个公正的世界。

莉莉四十岁时，写下了那句“第一次想要一个孩子”。在此之前，她从未和任何人有过恋爱关系，也没有结过婚，为什么会突然想要一个孩子呢？答案不得而知。不过从她的心境变化来看，应该是厌倦了独自逃亡的生活。莉莉通过做生物黑客赚了不少钱，变得十分富有，现在周围再也不会有人因为外貌而轻视这位优秀的黑客，她的生活趋于稳定。

莉莉制造一个孩子十分容易。她先是做了一个自己的克隆胚胎，然后把自己想要拥有的最佳品质——美貌、智慧、好奇心与魅力——全部注入了基因中。她小心翼翼地把自己的女儿移植到人造子宫里，严格控制了发育过程中的所有遗传学噪声。

紧接着，我诞生了。

据我推测，莉莉可能在培育初期便发现了我的“缺陷”。确认设计胚胎是否按计划发育是人类胚胎设计的整体流程之一。存在一定的失误比率，却也不难处理。只是一个胚胎而已，废弃重造即可。人的存在并非始于受精的那一刻，而是在发育过程中形成。废弃一个尚未成人的胚胎，对莉莉来说不会引发任何罪恶感。当莉莉得知我和她患有同样的遗传病时，她可以立刻将我废弃。

可她没有这么做。

莉莉在想什么呢？

莉莉发现我的缺陷之后所留下的记录很难解读，可以辨认的部分只有一行。

莉莉这样写道：我在由此证明自己没有诞生价值吗？

说不定莉莉通过我的存在进行了自我审视。生来便不受外界欢迎的莉莉，被世界排挤的莉莉，顽强活下来并以各种方式证明人生的可能性的莉莉·杜德娜。

我至今不知道应该如何评价她的决定。莉莉憎恶自己的生活，却无法憎恶自己的存在。

很显然，莉莉当时并没有把发育中的我当成一个人。她没有废弃我，并不是因为我是一个人。那是可能性的问题，是决定赋予怎样的存在以生存权的问题。最终，莉莉无法给我贴上“没有诞生价值”的标签。因为莉莉自身也有这个问题。

据推测，生物黑客迪恩正是在那段时期停止了活动，销声匿迹。

接下来的事情，我只能通过模糊的记录进行推断。莉莉冷冻了尚在器皿中发育的我。或许是因为她知道，在计划成功之前需要花费很长时间。莉莉销毁了之前所有的胚胎设计研究。尽管遍布美国全境的新人类的诞生已经无可更改，但至少她自己创建的研究结果原件全部消失了。莉莉开始研究新基因。

她想要找到一个这样的世界，哪怕一个人脸上带着丑陋的疤痕诞生，身患疾病，四肢残缺，也不会不幸。她想把这个世界送给我，也就是她自己的分身。她想创造的不是拥有出众美貌与卓越智慧的新人类，而是不会践踏彼此尊严的新人类。她想创造一个只有这种孩子的世界。

地球之外存在着这样一个“村庄”，正是她实验成功的证据。

我生活在村庄时，从未感觉到有人取笑我的疤痕。我甚至为自己那块独特的疤痕感到自豪。村庄里的人不会在意彼此的缺陷，因此缺陷有时并不会被看作缺陷。

在村庄里，我们不会排斥彼此的存在。

＊＊＊

现在你也明白了，苏菲。

为什么书中记载的发源地和我们的村庄如此不同；为什么我们全部诞生于同一个机械子宫；这种幸福源自哪里；为什么我

们懂得悲伤，持续的纷扰、痛苦和不幸却只存在于想象的概念之中。

不过，我还没有解释自己离开村庄的理由呢。我将要从现在开始讲述。

我很好奇奥莉芙留下那个记录之后发生了什么。奥莉芙发现村庄的真相后，回到村庄度过了余生吗？她是否还爱那个因为太爱她而创造这个世界的莉莉？我看完奥莉芙的记录时，门吏是这么说的："奥莉芙留下这份记录，十年之后又去了地球。奥莉芙在地球上过完了自己的一生。"

这又是一个令我震惊的故事。奥莉芙返回了地球，在那天之后的很长一段时间里，这个事实不断触动着我的心灵。我一直在想象奥莉芙回到村庄的理由，以及重返地球的理由。门吏并未对我的推测做出明确的答复，不过他对我说："像是那么回事呢！"

门吏告诉我，奥莉芙长眠于德尔菲身边。他还嘱咐我，如果去了地球，就去墓前放一束花。重返地球的奥莉芙过着怎样的生活呢？相关的记录极少。不过门吏告诉我，她的墓碑位于波哥大，上面写着一段话。

德尔菲的奥莉芙。与分离主义抗争终生。

她的挚爱长眠于此，成果指日可待。

奥莉芙与德尔菲一起留在了地球，共同对抗分离主义，努力改变她的母亲莉莉留在这个地球上的痕迹。

说不定这个朝圣习俗正是奥莉芙去往地球之前在村庄留下的最后痕迹。我们在成长过程中对外面的世界感到好奇，渴望了解这个安宁的村庄外面会发生什么事情，于是终于踏上了朝圣之路。

奥莉芙这样做，是希望我们一定要出去看看世界。

看看地球的一切，看看我们忽略了什么，看看我们独自生活在美丽的村庄时，那颗行星发生了什么。这是朝圣的意义所在。

那么，现在只剩下最后一个疑问了。

如果地球真的是一个如此痛苦的地方，我们在那里只能认识到生活不幸的一面，离开的朝圣者们为什么没有再回来呢？

他们为什么留在了地球？他们离开这个美丽的村庄，脱离保护与和平，看到那么恐怖、孤单、萧索的风景之后，为什么还会选择另一个世界而不是村庄呢？

苏菲，你有没有想过，我们为什么不会“彼此”相爱呢？我们学习过发源地的历史，看过那么多过去的人们的爱情，却从未觉得在村庄里长大的人彼此没有成为恋人是一件怪事。我们诞生于同一个子宫，如姐妹般共同成长，彼此感觉不到浪漫的感情和性爱的快乐，这仅仅是一种偶然吗？

地球上生活着无数与我们完全不同，甚至令我们感到震惊的人。我现在可以想象，我们去了地球之后，会遇见那些不同的人，我们当中也会有很多人与他们相爱。我们很快就会了解，我们所爱之人正在对抗的世界，那个世界充满多少痛苦与悲伤，以及我们所爱之人备受压迫的事实。

奥莉芙应该懂得，爱是与那个人一起对抗世界。

你可以相信所有的这些故事吗？

我探明真相之后，每天都会彻夜幻想地球，幻想朝圣者们的一生。

朝圣者们都爱过谁呢？那些人可能遍布在南美、美国西部、印度等地，以各种方式过着多姿多彩的生活。不过，无论他们是什么样子，朝圣者们一定都在他们身上找到了独一无二之处，因而心生爱慕。

朝圣者们还会看到他们所对抗的世界。深爱我们的莉莉创造了另一个世界，在最美丽的村庄与最悲惨的发源地之间划下了一道鸿沟。那是我们的原罪。朝圣者们终会明白，如果不改变那个世界，就无法与所爱之人一起找到真正的幸福。

只要有那么一个人，就足以成为留在地球的理由。

给你写这封信的同时，我也在不断地思考着。我们之前的朝圣者们是否对地球有过一些改变呢？那里依然像奥莉芙几百年前所看到的那样，充满悲伤和痛苦吗？朝圣者显然已经遍布世界各地，他们——莉莉和奥莉芙的后代们，为了改变这个世界都做了些什么呢？……不能亲眼看到自己所了解的事情，简直无法忍受。我实在是太好奇了，再也等不下去了。

苏菲，我最后还要再说一点。我第一次对村庄产生疑问的契机，也就是小屋后面的那个回归者。我决定比规定的成年礼早一步去往地球时，曾经偷偷去找过那个男人，问他在地球上发生了什么事。

他告诉了我一个悲伤的事实，关于他在地球上的爱人与凄凉的死亡，以及对方希望他幸福的遗言。

我对他说，为了你最后的恋人，你还可以继续做些什么不是吗？我还问他是否愿意和我一起重返地球。

他说他会去。说这句话的时候他笑了，这是我所看到的无数不幸面孔中最美的微笑。

那时我懂了。

我们在那里会痛苦。

也会更加幸福。

苏菲，我相信你现在已经理解了我提前离开的原因。

我们在地球相见吧。

期待那一天的
黛西

寻找美好存在的正确位置

■ 文学评论家　印雅瑛

金草叶的科幻小说向我们展示的是未来。那些在当下的现实中尚且无法实现的未来科技，带领我们进入了一个神秘多彩的世界。在那个世界里，我们可以设计人类胚胎，可以与外星智慧生命进行交流，可以通过数据模拟见到已经去世的家人。我们还可以梦想着或许某一天能到达乌托邦。不过，那种未来又并不遥远。因为在金草叶描绘的世界里，当下的社会问题犀利地贯穿始终。在那个对以女性、残疾人、移民、未婚母亲为代表的弱势群体与少数群体的歧视依然明显、注重成果的体系中，不具有太大经济价值、不符合正常标准的存在都被排除在历史的记载之外。人类通过尖端科技到达的世界，真的更适合生活吗？我们目前在这里所承受的歧视、压迫、排斥与痛苦，在那里就能够朝着好的方向改变吗？

如果科技本身不能确保一个更好的世界，我们需要的也就不是叩问“科技发展的归宿是乌托邦还是敌托邦”这样一个二分法的问题。想象与我们生活的世界复杂交错的乌托邦或者敌托邦的过程或许更加重要。在这个过程中，我们可以想起那些被判定为异常而长期遭到遗忘的存在，可以为形态各异的存在赋予其应有的价值，可以梦想实现一个科技对所有人一视同仁，教给我们共存之道的世界。金草叶的小说已经为我们铺好了那条美丽的探险之路。

为了被遗忘之人的航行

在金草叶的小说中，真相不是既有的，而是一个寻找的过程。因此，叙事通常始于某人消失或者失踪，随后沿着其轨迹，逐渐领悟真相。不过，这是一种怎样的真相呢？

《馆内遗失》中有一家收藏“思维”的图书馆，可以把逝者的生前信息转换为数据。只要连接“思维”，就能与逝者的灵魂相见，所以人们会来图书馆悼念或探望逝者。智敏得知三年前收录了妈妈灵魂的“思维”在图书馆内遗失了索引，开始寻找妈妈的踪迹。妈妈生前患有抑郁症，对智敏造成过很深的伤害，所以智敏并不怎么想念妈妈，却也开始好奇死后遗失、再次消失不见的妈妈的真相。在这个过程中，智敏不仅得知妈妈因为怀孕而中断设计师工作并开始患上产后抑郁症，还发现妈妈的人生在索引被清除之前已经与世界断连。这个发现刚好与智敏怀孕八周却未能感受到对孩子的母爱的处境相契合，作品由此延伸为对女性结婚与怀孕之后与世界断连的困境的理解。最终，智敏再次与妈妈的灵魂相见，她直面妈妈，艰难地说出了那番话："不论我说什么，也无法真正安慰妈妈过往的人生。""但现在……我可以理解妈妈了。"智敏鼓起勇气说出口的这番话，不仅对曾经关系不和的妈妈发出了和解信号，更表达了为与世界脱节的女性寻找与世界连接的纽带的心意。

在《如果我们无法以光速前行》中，这种心意通过女性科学家得以延续。在实现了星际旅行的时代，一百七十岁的老人安娜为了乘飞船去往一颗名为"斯伦福尼亚"的第三行星，独自在宇宙航空站里等待了一百多年。负责销毁并回收宇宙垃圾的职员来到此处，得知安娜在宇宙开发初期曾是一名研究以深度冷冻技术实现人体冷冻睡眠的科学家。然而，人类发明了可以弯曲宇宙空间、以超光速移动的曲速引擎之后，又发现了更加高效的虫洞隧道。注重经济效益的宇宙联邦单方面发布了停运通知，这使得安娜再也无法前往丈夫和儿子已经提前到达的遥远的斯伦福尼亚行星。不过，安娜依然独自留在太空中，用深度冷冻技术艰难地延长着自己的生命，没有放弃去往斯伦福尼亚的梦想。安娜的那艘老式太空梭不可能到达斯伦福尼亚行星，就算飞船以光速航行，也需要几万年的时间。最终，她从容地离开了航空站，只留下一句话："我十分清楚我该去向哪里。"

由于注重经济效益的宇宙联邦的规划，女性科学家的梦想被毁灭了，她对已逝亲人长达一百多年的想念，隔着几万光年的遥远星际距离，更显悲伤与渺茫。安娜的最后一次航行终将走向死亡，但是这段可预见会失败的航行绝非没有意义。当我们认真梳理随时间流逝的纹理，已经消失并被遗忘的某个人的痕迹就会重现其意义，再次被想起。虽然无法以光速前行，无法挽救死去的人，也不是为了开发宇宙，但是安娜与这篇小说依然在不可能的条件下前行，只为抵抗遗忘的力量，记住被遗忘之人内心珍藏的真相。

质疑所谓"正常"的赛博格

《关于我的太空英雄》当中也有被历史排斥在外的女性科学家登场。不过，作为有过生育经历的四十八岁亚洲未婚妈妈，当选航天员的崔在景是一个撕掉了历史赋予自身的角色标签，自主性很强的人物。她患有慢性前庭功能异常，健康状况不合格，却与宇航局总部出身的白人男性一起入选隧道航天员，成为少数群体成功故事的典范，受到世界瞩目。然而，在景关心的并不是宇宙彼端，而是超越人体极限。她没有奔向宇宙，而是以经历了长达十八个月改造的赛博格之躯突然跳入深海。外界对于在景因自私没有履行航天员义务的批判，加上世人对少数群体的偏见，导致事件被放大。然而，崇拜在景姨妈并成为航天员的佳允，亲身体验着失踪的在景的经历，从在景的选择之中看到了某种解脱：在景自由地摆脱了在成功典范的美名之下，人们对少数群体的过度期待。中年未婚妈妈航天员没有被社会体系的要求或世人的期待绑架，而是专注于超越身体的物理极限，她的选择又传递给了下一代女航天员佳允。佳允同样代表少数群体，她之所以能够毫无压力地作为航天员顺利出发，是因为在景已经扫除了各种偏见和期待，为她开辟了道路。在因未婚妈妈同城论坛结缘而组建的“非传统家庭”中，世代亲情得到了延续，这与中年亚裔未婚妈妈航天员必须接受的歧视目光相照应，让人不禁对所谓的“正常”提出质疑。

《朝圣者们为什么不再回来》中的莉莉·杜德娜也同样对社会中的“正常”这一概念提出了质疑。在这篇小说中，莉莉是一位顶尖科学家，2035 年出生于哥伦比亚波哥大，后来移居美国波士顿。她原本事业有成，却在二十五六岁的时候突然销声匿迹。

后来，她以完美设计人工胚胎的生物黑客“迪恩”的身份再度出现，开始制造才貌双全、健康长寿的“新人类”。莉莉患有遗传病，脸上有块疤痕，这让她认为自己是一个怪物，并且想要构建一个人人身体健全的美好乌托邦。讽刺的是，人工胚胎设计造就了敌托邦，完美的“改造人”与不完美的“非改造人”之间的等级分化愈发严重。莉莉在地球之外建立了一座“村庄”，那里只有残缺的孩子，没有歧视与排斥。那么，这个村庄最终成为充满幸福的乌托邦了吗？

小说通过在村庄出生、成长的黛西的讲述，拒绝给出简单的答案，而是将这个提问进一步挖掘。村庄里的孩子成年之后，就要去地球朝圣，且每次都会有朝圣者一去不返。黛西不断追寻这件事的真相，最终得知了村庄诞生的秘密。她发出如此疑问：如果村庄是乌托邦，朝圣者们为什么不再回来呢？这个疑问并未简单地将残疾颠覆为非残疾，敌托邦颠覆为乌托邦，不完美颠覆为完美，而是引发读者思考这种二分法选项之间的关系。村庄的孩子们不会“彼此”相爱，也没有浪漫的感情和性爱。苦恼其中缘由并去往地球的黛西，可能是这样想的：所谓真正的乌托邦，或许既不是完全消除人的身体缺陷，也不是把有身体缺陷的人隔离在外，而是共同面对并思考残疾与歧视、爱与排斥、完美与痛苦。说不定应该消除的不是少数人的身体缺陷或者疾病，而是规定必须消除这些的“正常”这一概念本身。

与外星智慧生命的漫长邂逅

该如何去想象一个以女性、残疾人、移民、未婚妈妈为代表的弱势群体与少数群体共同生活的世界呢？如果“正常”意味着将条件不同的存在区别开来，按照等级划分，那么我们应该如何接受与自身不同的他者呢？我们应该如何理解他者，与其共存呢？金草叶的小说引入了对人类而言一直都是“他者”的外星生命，进行了一场关于可能性的思考实验。

《光谱》讲述了女生物学者希真在宇宙探测途中失踪的四十年间，在太阳系外的行星上遇到外星智慧生命的故事。希真是宇宙航空研究所备受期待的研究员，三十五岁那年在宇宙中遭遇事故，降落到一颗外太空行星上遇到了智慧生命。路易是一个比人类个子更高，皮肤灰色，双脚行走的外星生物，他阻止了其他个体对希真的攻击，救下了希真。希真开始在洞穴中与路易一起生活，并和路易产生了友谊。路易的寿命只有三到五年。一个路易死去之后，灵魂会在另一个路易身上得以延续。他们的语言体系以色彩为单位，因而与人类无法沟通。希真逐渐了解这些事实，以自己的感觉与理解方式研究并接纳了路易的灵魂。时间流逝，某天希真戏剧化地收到了自己太空梭的信号，时隔四十年重返地球。希真主张自己最早发现了外星智慧生命，却不愿公布关于那颗行星的确切信息，因此被当成一个有妄言症的人。不过，希真对外孙女“我”详细讲述了内心珍藏的路易的故事。与死去的路易在其他个体身上得以延续一样，“我”听过外婆的故事后，学会了如何与那些以人类感官无法理解的他者相处，并包容这种“不可能性”。此外，“我”还听外婆讲述了无法理解人类这种矮小而柔弱的生命体的路易观察外婆希真，并通过色彩留下的令人难忘的语句：“她真是奇妙而美好的生物。”就算在无法完全理解他者的这种“不可能”之中，我们也可以认为彼此是奇妙而美好的。记录他者的奇妙与美好的路易、将记录翻译为人类语言并讲述给外孙女的希真，还有将那句话铭记在心的“我”，让我们看到了“不可能”的理解所创造出来的理解的“可能性”。

《共生假说》中，未知的他者——外星生命与人类更加贴近，进入了人体之中。柳德米拉·马尔科夫在莫斯科某保育院长大，她从五岁开始用彩铅描绘一颗梦幻而美丽的行星，并成长为世界级的艺术家。柳德米拉认为那颗行星是自己的故乡，不断描绘着那里的风景，而人们深爱着她的作品。某一天，天文台的操作员发现新观测到的行星数据与柳德米拉行星的数据惊人地一致，人们对柳德米拉行星的讨论因此扩大。与此同时，就职于首尔广津区某大脑解读研究所的秀彬和汉娜，用分析神经元激活模式的成像技术，分析了被称为“思维语言”的纯思维形态，有了新发现。她们因此推断，新生儿的大脑中，共生着来自柳德米拉行星的没有物理实体的外星生命。几万年前，那些外星生命进入新生儿的体内，传授爱、伦理与利他主义之类的价值观，因此柳德米拉的绘画才会如此令世人感觉到怀念与感动。

与路易一样，这些外星存在是具备理性思考和沟通能力的“智慧”生命。这一设定非常重要。因为这篇小说中的思考实验，并不仅仅是出于对外星存在的好奇心，而更多地关注着人与外星生命之间的关系。希真与路易，柳德米拉行星的外星生命与人类的相遇，并不是在某个瞬间的短暂接触。在这些故事中，那段时间短则十年，长则延续数万年。这段漫长的时间，足以让人具体想象出与外星生命这个他者长期共生共存的感觉。如果最具人性的价值观实际是外部生命带来的，人类最初的智慧进化与文明都是在与祂们的共生中产生，那么对于人类来说，还有比这更深刻、更隐秘的关系吗？在与外星生命如此深刻而隐秘的关系中，我们可以梦想与无法理解、无法沟通的他者共生。

或许，在很久很久之后

现在谈谈本书最可爱的一篇作品《情绪实体》。郑河是一位杂志记者，某一天，他对“情绪实体”的热销现象产生了兴趣。“情绪实体”是一款将幸福、镇静、恐惧、忧郁之类的情绪进行实体化的产品。触摸“镇静香皂”，心灵就会变得沉静；吃一块“心动巧克力”，就会心动不已。郑河怀疑这些效果只是伪科学或者商业策略。平时喜欢收集小物件的恋人宝炫沉迷于“忧郁体”，郑河却无法理解人们为什么一定要购买忧郁、愤怒、恐惧等消极情绪，二人因此产生了矛盾。宝炫说想通过亲手触摸的方式来感受忧郁这种情绪。争吵过后，宝炫离去，郑河留在原地试着思考，不，是试着感受宝炫离开的位置上残留的感觉——宝炫的香水味，桌子上扭曲的木纹，玄关门的冰冷质感，以及寂静的空气。

这篇小说让我们生动地感知到了“情绪的物质性”，这或许与金草叶首部小说集的质感正相契合。因为在金草叶精心构建的小说世界中，我们可以具体感觉到当下尚未实现的未来抽象科技——将生平信息转换为数据并可以随时读取的“思维”，展现了三年前去世的妈妈的灵魂；奔向深海的赛博格身体，展现了从少数群体经历的压迫中的解放；外星生命路易所记录的色彩图画，展现了与无法理解的他者的关系。

再次回到开头的疑问：人类通过尖端科技到达的世界，真的更适合生活吗？我们目前在这里所承受的歧视、压迫、排斥与痛苦，在那里就能够朝着好的方向改变吗？虽然答案未知，我们却可以在金草叶的小说世界中，看到那些被历史遗忘的以女性、残疾人、移民、未婚妈妈为代表的少数群体的细微感受，以及她们逐渐寻找到自己的正确位置的美丽风景。比如安娜，她乘坐着一艘又小又旧的太空梭，奔向了就算以光速前行也需要几万年才能到达的斯伦福尼亚行星。那是一场可预见失败的航行，但她十分清楚自己该去向哪里。安娜小小的太空梭穿过看似静止的遥远群星，说不定某一天真的可以到达斯伦福尼亚。我如此相信。“或许，在很久很久之后。”

作者的话

金草叶

我曾经看过这样一个故事，如果图书遗失在图书馆馆内，就很难找得到。当时我在便签上写下“馆内遗失”这个标题，便将它忘了。征文即将结束时，我又看到这条便签，因此构思了《馆内遗失》。虽然将人类思维储存为数据的设定在科幻小说中很常见，不过似乎可以将数据的遗失与现实世界中的遗失联系起来。如果有人明明存在于世界某处，却又找不到，那会是谁呢？我顺着这个思路，完成了这个故事。

《如果我们无法以光速前行》反映了我刚开始了解科幻时对超光速航行的兴趣与关注。为了克服任何物质都无法超越光速的宇宙局限，物理学家与作家们想出了各种方法。写小说一般会选择其中之一进行描写，不过我想探讨的，是超光速航行模式变革时期发生的事情。安娜在航空站里等待飞船的故事，是我看到一则“假公交站”的报道时想到的。这个车站位于德国，无论等待多久也不会有公交车来，它的设置只是为了防止疗养院老人外出迷路。太阳落山，前来带走老人们的不是公交车，而是疗养院的工作人员。

人类是以物质为基础的存在。我总觉得这件事很有趣。我选择化学专业，很大程度上也是这个缘故。我经常想到情绪的物质性，以及抽象与具象的相互转换。如果人们拥有某种物质，而由此满足了某种情绪欲求，那么他们是否也想拥有那种情绪本身呢？《情绪实体》就源于对这个问题的思考。我打算以后以这个主题写一篇更长的作品。

创作《光谱》的那段时间，我对经过了技术改造的人类的感官很感兴趣。在科教书中，除了新知识的发现外，还有使这些知识能够被发现的各种辅助工具、设备、实验设计等。我们是如何通过各种工具——望远镜、显微镜、现代实验室的主要实验设备等——探索并扩张世界的呢？思考这些十分有趣。我感到好奇的是，一个习惯了这种扩张的感觉的科学家，如果遇见了以人类的感官无法感知的世界和他者，会有什么感受呢？

《朝圣者们为什么不再回来》是一套短篇小说策划集的命题

作品，可以写乌托邦或敌托邦主题。起初，我毫不犹豫地打算写乌托邦，却怎么也想象不出乌托邦的样子，为此十分苦恼。会有适用于所有人的技术吗？创作这篇小说时，我对此反复叩问。虽然未能找到答案，但我想继续找下去。

《共生假说》是写得最愉快的一篇小说。在科幻故事中，如果人类遇到了外星人，一般会引发巨大的争端。或许这是一种必然结果，但我仍然想写一篇与截然不同的存在建立共生关系的作品。

《关于我的太空英雄》是为这本小说集新写的短篇作品。此前已经刊登过几篇沉重的故事，所以我想写一篇轻松的。奇怪的是，写这篇小说时，故事并没有如此发展。在景是一个虚构人物，然而我在写作时却感觉她真实存在于某处。即便是现在，我依然感觉在景真的在深海某处游弋。

探索钻研的人们试图理解某些根本无法理解的东西，我喜欢这样的故事。总有一天，人类会以不同于现在的面貌生活在另一个世界，但是在那个遥远的未来，也会有人感到孤独，渴望接触。不论生活在哪里、哪个时代，我都不想放弃彼此理解。我以后会继续写作，探寻那种关于理解的片段，以及相互碰撞的存在共同生活的故事。

最后，我想感谢帮助我出版第一本书的各位。得益于赵溇娜主编的仔细阅读与不吝赐教，这本书才得以出版。我不好意思让身边的人阅读自己写的故事，朋友们却很喜欢我的第一部小说集并四处宣传，后辈们也很支持我，大家给了我很大的勇气。

感谢书写美丽诗句的诗人妈妈每次愉快地做我的第一位读者。妈妈喜欢看的作品，我相信其他读者也会喜欢。最棒的音乐家、咖啡师爸爸的鼓励与凌晨三点的完美咖啡，总是在即将截稿的危急时刻赋予我莫大的力量。对深爱的父母特此致谢。